林地小道
（春之书）

【美】温思罗普·帕卡德 著 董继平 译

青海人民出版社

图书在版编目（CIP）数据

林地小道 /（美）温思罗普·帕卡德著；董继平译. -- 西宁：青海人民出版社, 2019.8
（自然物语丛书. 第三辑）
ISBN 978-7-225-05797-2

Ⅰ.①林… Ⅱ.①温…②董… Ⅲ.①随笔—作品集—美国—现代 Ⅳ.① I712.65

中国版本图书馆 CIP 数据核字 (2020) 第 135917 号

自然物语丛书（第三辑）

林地小道

（美）温思罗普·帕卡德　著

董继平　译

出　版　人	樊原成	
出版发行	青海人民出版社有限责任公司	
	西宁市五四西路 71 号　邮政编码：810023　电话：（0971）6143426（总编室）	
发行热线	（0971）6143516 / 6137730	
网　　　址	http://www.qhrmcbs.com	
印　　　刷	陕西龙山海天艺术印务有限公司	
经　　　销	新华书店	
开　　　本	850 mm × 1168 mm 1/32	
印　　　张	7.625	
字　　　数	150 千	
版　　　次	2020 年 10 月第 1 版　2020 年 10 月第 1 次印刷	
书　　　号	ISBN 978-7-225-05797-2	
定　　　价	34.00 元	

版权所有　侵权必究

温思罗普·帕卡德

总　序

董继平

　　自然文学,也称"生态文学""环保文学"。自古以来,自然就作为人类的书写对象而频频出现在各类文本中:起伏的群山、连绵的森林、奔流的江河、辽阔的草原、静谧的湖泊、变换的季节、习性各异的动物和千姿百态的植物……由此,自然成为世界文学史上一大永恒的主题,千百年来,由自然产生的杰作不在少数,那些名篇佳什或天马行空,或流光溢彩,或细致入微,影响甚大且余音不绝,这一传统延续至今。

在中国,至少有两部世界级的自然文学名著深深地影响过国人:一部是法国博物学家、文学家法布尔(Jean-Henri Casimir Fabre,1823—1915)所著《昆虫记》,在其中,作者以锐利的眼光、细腻的笔触娓娓讲述了昆虫之美,把普通人所鲜知的昆虫世界活脱脱地展现在读者眼前;另一部是美国诗人、超验主义作家梭罗(Henry David Thoreau,1817—1862)所著《瓦尔登湖》,在其中,作者用心灵之语向世人述说他在湖畔的生活,以及一个思想者、一个孤独的隐士融入自然的精神状态。其实,优秀的外国自然文学作品远不止这两部,只不过由于我们长期的忽视,未及发现和挖掘而已。

近代自然文学的产生、发展和繁荣自有其根源,绝非偶然。从工业时代开始,人类为摆脱低下、落后的生产方式而不断追求现代化,随着这一进程不断加速,自然生态也深受其影响,不断恶化,在面对日趋严重的生态破坏的时候,人们就更加渴望回归自然的怀抱,以科学、理性的态度去善待大自然。在这种情况下,近代自然文学应运而生。

美国自然文学的缘起

在世界自然文学的发展过程中,没有哪个国家像美国,自然文学那样发达、那样繁荣,其自然文学的成就之大、场面之壮观,在全球范围内可谓一枝独秀,在区区200年的时间里人才辈出,佳作纷呈,形成了群星璀璨、层出不穷的局面，让人目不暇接。美国自然文学的问世与发展，自有其渊源。当年，与欧洲那片老大陆相比，美洲这个新大陆尚属蛮荒之地，但在1789年美国建国以后的那几十年里，工业飞速发展，经济建设一路突飞猛进，经济实力渐渐迎头赶上欧洲老牌工业国。

然而，正是在那几十年的飞速发展中，美国为现代化进程付出了牺牲自然环境的沉重代价，其自然资源遭到了掠夺性开发，生态环境遭到极大破坏。比如，那条1869年竣工通车的横跨美国大陆的铁路，一方面带活了沿线的经济，为美国的进步和发展做出了巨大贡献；另一方面却让曾经在大陆上到处漫游的野牛加速消失。这条铁路建成通车之后，大批猎人便蜂拥来到原来野兽出没的蛮荒之地，致使美洲野牛种群急剧减少。这样的情况，美国第二十六任总统西奥多·罗斯福在他的《美洲野牛的故事》一文中有过详细的描述：

"……铁路对于猎人不可或缺，为他们提供了前所未有的廉价交通工具；同时，市场对野牛皮长袍的需求也有增无减，原本数量巨大的野牛又相对容易猎杀，于是就吸引了一群群冒险者赶来狩猎，掀起了一场世所罕见的野牛大猎杀，结果在极短的时间内，这种原本众多的大型动物被消灭了，这是前所未有的——好几百万头野牛遭到了杀戮……在那场大规模杀戮开始后的15年内，巨大的野牛群体几乎消失殆尽。如今在美国大陆上，据说很可能只剩下500群野牛，而且自从1884年以来，已经没有一群野牛的数量超过100头了。"

面对自然环境的日趋恶化，一批有识之士便开始为保护自然而积极奔走、大声疾呼，而美国人民也逐渐认识到日益逼近自己生活的诸多生态问题，大约在19世纪50年代至20世纪20年代这70年间，美国社会兴起了一场声势浩大的自然环保运动，其影响之大、覆盖面之广、持续时间之长，均令世界瞩目。在这场运动中，一些相关人士著书立说，大力宣传自然生态环保观念，在客观上促成了自然文学的蓬勃发展。此间不仅大家辈出，而且逐渐形成了美国文坛上的"自然文学"这一特殊文体，并蓬勃发展。到了20世纪下半叶，环境保护运动在美国达到了鼎盛，同时也在全世界范围内不断扩展，随着这一运动的不断深化，自然文学愈加受到人们关注，并形成了一个庞大的作者群体，这些作家均以自然为写作主题和对象，着重以科学的方式来揭示和探讨人与自然的关系，号召人们走进荒野，倡导人们与自然建立亲密联系，保护大自然的完整和野性，呼吁人们以更平等、更和谐的方式来处理人类与自然之间的关系。

美国自然文学的三位先驱

尽管有些文学史家把约翰·史密斯（John Smith，1580—1631）所著的《新英格兰记》和威廉·布雷德福（William Bradford，1590—1657）的《普利茅斯开发史》认为是美国自然文学的雏形，但真正意义上的第一位先驱当属博物学家威廉·巴特拉姆（William Bartram，1739—1823）。巴特拉姆也算出生于自然文学世家，他的父亲是"美国植物学之父"——约翰·巴特拉姆，因此威廉·巴特拉姆从小便受家学的熏陶,一边在父亲的植物园中徜徉,一边倾听鸟语、享受花香。从严格意义上讲,威廉·巴特拉姆算得上美国自然文学的第一位大家,在其代表作《旅行笔记》中,他以细致而生动的笔触描述了尚处于原始状态的美国东南部的自然风景,用亲身感受讲述了那里的自然荒野之美。这部著作于1791年一问世,便在欧洲引发了强烈的反响,颇得好评,即便柯勒律治那样的英国浪漫主义大诗人也对其大加赞赏。更重要的是,他在《旅行笔记》中告诉我们,地球上的一切生物都绝非呆若木鸡,相反,它们都很聪明:"如果你留心一下任何动物就会发现,它们的效率高得让人震惊。它们行动前会精心策划,而且富有恒心、毅力和计谋。"这样的观点,无非是想让我们尊重自然和自然中的生命。

当然,美国自然文学的先驱不止巴特拉姆,除他之外,还有热爱鸟类、毕生沉浸于荒野的亚历山大·威尔逊(Alexander Wilson,1766—1813)和约翰·詹姆斯·奥杜邦(John James Audubon,1785—1851)。威尔逊是自然主义者,原籍苏格兰,热爱描写和绘画鸟类,被后来的博物学家尊为"美国鸟类学之父"。他所著9卷描述鸟类的著作《美国鸟类学》内有彩页,比另一位先驱奥杜邦的著作要早将近20年。如今在北美大陆上,有多种鸟类就是以他的名字来命名的,比如威尔逊鹟和威尔逊鹬。约翰·詹姆斯·奥杜邦是美国著名画家、博物学家,原籍法国,他深入荒野研究鸟类,其绘制的鸟类图鉴被尊为"美国国宝"。他一生留下了无数画作,他的每部作品不仅是科学研究的重要资料,也是不可多得的艺术杰作。他出版了《美洲鸟类》和《美洲的四足动物》两本画谱，其中《美洲鸟类》被誉为"19世纪最伟大和最具影响力的著作"。这两位先驱的作品对后世野生动物绘画产生了深远的影响，同时也对普通公众产生了巨大的吸引力，至今仍被频频引用。

超验主义和自然文学团体的形成

真正形成团体并在一定哲学观念的影响下投身于自然的作家，则是美国文学史上那批著名的超验主义者。

超验主义（transcendentalism）兴起于19世纪30年代的美国新英格兰地区，又被称为"美国文艺复兴"，深刻地影响了后来的美国文学和哲学的发展。超验主义的核心观点：主张人能超越感觉和理性而直接认识真理，强调直觉的重要性，认为人类世界的一切都是宇宙的一个缩影——"世界将自身缩小成为一滴露水"（爱默生语）。

超验主义的领袖拉尔夫·沃尔多·爱默生（Ralph Waldo Emerson,1803—1882）在他那篇著名的《论自然》中提出了他对自然的观点，他不仅认为"自然是精神之象征"，还认为"我们从自然中学到的知识，远远超出我们能够任意交流的部分"，对后世影响甚大。不仅如此，他还认为，宇宙是大自然与人的灵魂的结合，人通过灵魂与自然和谐一致。只有接近自然、感受自然，人的灵魂才能真正体会到存在的价值。

而超验主义的另一位主将亨利·大卫·梭罗（Henry David

Thoreau,1817—1862)则更是身体力行,他在爱默生的影响下深入自然,只身来到寂静的瓦尔登湖,搭建起小木屋,把自己的灵魂寄托在湖泊和山林之中。那时,他或在荒野中散步,或在树林中观察,或在湖畔沉思,悠然地体验和描写自然之美,把人与自然的关系都隐没在那些朴素的文字中。根据《美国遗产》杂志1985年的一项调查报告显示,在"十本构成美国人性格的书"中,梭罗的《瓦尔登湖》位居榜首,可见其影响之大。除了《瓦尔登湖》,梭罗还写下了许多涉及自然的散文和日记,他用淡淡的笔调娓娓倾诉自己的自然情怀,文字尽显自然之美,同时充满诗意和哲理。比如他的长篇散文《秋色》《散步》等篇什便是这方面的杰作。

爱默生和梭罗自不待言,在超验主义阵营中,还有一位中国读者几乎都不知道的女作家——玛格丽特·富勒(Sarah Margaret Fuller,1810—1850)。作为这个阵营中的女将,她在1843年的夏天摆脱了尘世的喧嚣,把自己的灵魂浸入北美五大湖区那湛蓝的水中,以优美的笔调写下了自然散文集——《湖上夏日》。

同一时期还出现了一位中国读者耳熟能详的美国自然文学作家,那就是大诗人沃尔特·惠特曼(Walt Whitman,1819—1892)。惠特曼也深受爱默生的影响(有评论家认为他也是超验主义者),他写下了不少涉及自然的诗篇和随笔。他在诗集《草叶集》中,极力赞颂自然的神奇、壮丽和伟大。他认为,大自然具有灵性,大自然的一切,包括山川、星辰和草木等都有"目的性",它们无时不在做着"向上运动",而且大自然中的一切都是平等的。惠特曼的散文集《典型的日子》

更是体现了自然之灵,尽管这部作品以日记形式写成,但字里行间却散发出泥土和青草的芳香,让作者那种静静地观察、倾听、体验自然的形象跃然纸上。

两个名叫约翰的自然文学大师

19世纪的最后20年里,美国自然文学界出现了两位大师——"两个约翰":"鸟之王国中的约翰"——约翰·巴勒斯(John Burroughs,1837—1921)和"山之王国中的约翰"——约翰·缪尔(John Muir,1838—1914)。"两个约翰"是美国早期环保运动的领袖,他们分别奔走于美国东部和西部,为建立和谐的自然秩序而不懈努力。

巴勒斯是博物学家、鸟类学家,生活在东部的卡茨基尔山区,擅长描述鸟类生活,各种鸟儿在他的文字中栩栩如生,被誉为"美国乡村的圣人"和"美国自然文学之父"。他以自己长期生活的哈得孙河谷和卡茨基尔山区为中心,把自己探索自然的经历和体验写成了文字,先后出版了《醒来的森林》等25部作品集,均为传世之作。其自然文学作品影响巨大,就连曾任美国总统的西奥多·罗斯福都尊敬地宣称自己是"读着巴勒斯的书长大的"。

缪尔则是地质学家,也是一个永远在路上的行走者,这位"美国国家公园之父"以考察、研究和描写美国西部山区的风物见长,山峦与森林在他的笔下熠熠生辉。经过他的奔走呼吁,美国西部一些原本计划开发的美丽山林得以保存下来,比如约塞米蒂山谷,就是在他的大力呼吁之下，才没有遭到过度开发的破坏，后来还被辟为国家公园。

"两个约翰"著述众多，成就巨大，对美国乃至世界的生态环保思想产生了深远的影响，成为美国文化的重要遗产。

世纪之交的作家和作品

从19世纪末到20世纪初，美国自然文学达到了一个前所未有的巅峰：除了"两个约翰"，还涌现出了一大批杰出的自然文学家。尽管其职业各不相同，但他们都有一个共同的爱好，那就是热爱大自然。

女作家玛丽·奥斯汀（Mary Austin,1868—1934）则独辟蹊径，她避开自然文学中通常描写的山水，而是深入美国西南部沙漠，研究印第安人的生活方式，以女性细腻的笔触向人们展示了荒漠之美与灵性。其代表作为《少雨的土地》。

19世纪至20世纪之交是美国自然文学的一个高峰，许多作家和博物学家纷纷投身于自然文学创作，就连西奥多·罗斯福（Theodore Roosevelt,1858—1919）——老罗斯福总统那样的政治家也客串了一把作家，推出了好几部具有影响力的著作。罗斯福是第一位对环境保护有着长远考量的美国总统，他在执政的七年间，采取了一些有利于国家经济建设和资源保护的措施。首先，他将7800公顷土地转为国有，从而为后人保存了大量的森林、公园、矿藏和水力等自然资源。其次，在1904年3月14日，他在佛罗里达州设立了第一个国家鸟类保护区，成为野生动物保护系统的雏形。再次，1905年，他敦促美国国会批准成立美国林业服务局，管理国有森林和土地。最后，在他当政期间（1901—1908），美国设立的国家公园和自然保护区的面积共约78.5万平方公里，超过了所有前任总统设立之总和，其中著名的有大峡谷国家公园等。

埃诺斯·米尔斯（Enos Abijah Mills,1870—1922）——"落基山国家公园之父"，他在落基山中生活了20余年，充当自然导游，长期跟野生动物打交道，写下了10多部自然文学著作。他还前往美国各州发表演讲、举办讲座，号召人们保护自然生态和野生动物，不遗余力地促进美国政府建立落基山国家公园。正是在他的力促之下，落基山国家公园才在1915年得以开张迎客。米尔斯在书中娓娓道来，讲述自己与野生动物亲密接触的经历，读来让人倍感亲切。同时，他的作品融合了科普信息、田野观察和个人逸事，为读者提供了一种与众不同、别开生面的自然指南。

小塞缪尔·斯科维尔（Samuel Scoville Jr.，1872—1950），美国博物学家、自然文学家，自幼热爱自然。尽管他的本职是律师，但他却在博物学领域取得了不小的成就。他以青少年为主要读者，写下了多部自然文学著作。

20世纪中期的作家和作品

20世纪上半叶，美国的自然文学似乎有些沉沦，这是因为两次世界大战的战火让人们的关注点转向了社会问题，无暇顾及自然生态，因而此间自然文学大作相对不多。然而到了"二战"之后的20世纪中期，美国又出现了两位极有影响的自然文学作家：奥尔多·利奥波德（Aldo Leopold,1887—1948）与蕾切尔·卡逊（Rachel Carson,1907—1964）。其实，奥尔多·利奥波德和蕾切尔·卡逊并不是专业作家，其职业也与文学创作无关，但由于当时的生态问题日益严重，他们的生态良心迫使其动笔写书，担当起向公众宣传环保的职责。时至今日，他们的著作在全球范围内依然具有极大的影响力。

奥尔多·利奥波德本来是林业学家、生态学家，长期致力于土地研究，也是美国享有国际声望的科学家和环境保护主义者，被称为"美国新保护活动的先知""美国新环境理论的创始人"。他的代表作《沙乡年鉴》于1949年出版，这部著作文笔优美，富于诗意，完整地传达出作者的土地伦理观，引起各方的重视，成为美国自然文学史的一个里程碑。

蕾切尔·卡逊是海洋生物学家，她在1935—1952年供职于美国鱼类及野生生物调查所，这就使得她有机会接触到诸多环境问题，从而引发深层次的思考。她出版过若干著作，其中在1962年出版的《寂静的春天》引发了美国乃至全世界新一轮的环保运动。《寂静的春天》一书，以通俗的语言、生动的案例向公众揭示了盲目的经济发展给生态环境带来的恶果，对半个多世纪以来美国人的自然生态观念产生了巨大的影响。

20世纪下半叶以来的作家和作品

从20世纪六七十年代至今,美国的环保运动已沉淀为一种观念,自然文学也随之不断深入、扩展,呈现出百花齐放的繁荣局面,其间景象纷纭,作家众多,作品不断且各具特色:爱德华·艾比(Edward Abbey,1927—1989)的《大漠孤行》(Desert Solitaire)、玛洛·摩根(Marlo Morgan,1937—)的《旷野的声音》(Mutant Message Down Under)、约翰·海恩斯(John Haines,1924—2011)的《星·雪·火》(The Stars,the Snow,the Fire:Twenty—five Years in the Northern Wilderness)、巴里·洛佩斯(Barry Lopez,1945—)的《北极梦》(Arctic Dreams)、杰克·贝克隆德(Jack Becklund)的《与熊共度的夏天》(Summers with the Bears)……

爱德华·艾比是美国著名的生态文学作家,对环境运动影响极大,极具争议性。他生活在美国西南部,著书立说,抨击人类肆意破坏自然生态的行为,尤其是"唯发展论"。《大漠孤行》是艾比在做国家公园管理员时的工作记录,其中包含了他对沙漠景色和个人生活的诗意描写,展现了沙漠的魅力。同时,他犀利而又饱含感情地指出开发对公园的破坏,使人重新审视人类与自然、发展与自然之间的关系。

约翰·海恩斯是著名诗人、"阿拉斯加桂冠诗人",他在阿拉斯加建有牧场,"二战"退役后在那里隐居了40余年,著有诗文集多种,其中最出名的当属自然随笔《星·雪·火》。几十年间,他与星、雪、火为伴,与野生动物为伴,历经25年写成这部荒野手记,因此它既是雪地的"荒野生活指南",也是北地生活指南。

巴里·洛佩斯是著名的自然文学家和小说家,作品多涉自然。自然文学作品主要有虚构(代表作有《荒野笔记》)和非虚构(代表作有《北极梦》)两大类。《北极梦》以饱含感情、充满诗意的文字,讲述了作者游历北极的见闻与联想——人与动物的故事、北极的历史、深刻的人生哲理……作者试图告诉读者如何做人,如何与大自然亲密相处,如何明智地生活在大地上。

自然文学的特色

非虚构与虚构:叙事和抒情为自然文学的两大写作手法。在自然文学作品中,或以叙事为主,或以抒情为主,或两者并重,从而形成了自然文学中非虚构和虚构两大类。非虚构作品大多以散文随笔写成,其中有抒情,也有叙事,语言流畅、精彩,适合大众阅读。这类作品几乎都是作者的亲身经历,可读性和故事性极强,同时又融文学性和科普性、知识性和趣味性为一体,这也是它长盛不衰的原因之一。虚构性作品是指作者在尊重自然规律、纪实性描述的基础上,加入了一些虚构成分,创作出以动物为主题的自然故事,其情节引人入胜,文字叙述流畅,寓意发人深思。在其中,作者以客观的态度、生动的语言向读者不动声色地阐明人与自然的关系,教导人们要尊重自然、保护生态,颇有教育意义。美国著名作家杰克·伦敦的《荒野的呼唤》,就是这类虚构性自然文学的代表作。

作家构成： 自然文学有一个引人注目的特点，那就是作者来自各个不同的领域，他们或许并非专业作家，而大多是博物学家、环保主义者、科学家，甚至还有政治家……比如，梭罗是诗人、散文家，巴勒斯是鸟类学家，缪尔是地质学家，罗斯福是政治家，米尔斯是自然向导，小斯科维尔是律师，利奥波德是林业学家，卡逊是海洋生物学家，艾比是国家公园管理员……

强烈的地域性： 自然文学多半具有强烈的地域色彩，即作家长期深入某一地域，对当地的山川、谷地、森林、动植物等生态环境进行细致入微的考察和研究，最后有感而发，形成作品。其中，美国东部的新英格兰地区尤其是马萨诸塞州，堪称"自然文学的策源地"，先后涌现出大批作家和作品。每一位作家都会有自己特定的考察、写作地域或地点，比如梭罗的马萨诸塞州瓦尔登湖、科德角等，巴勒斯的纽约州卡茨基尔山区和哈德孙河谷，缪尔的加利福尼亚州约塞米蒂山谷，米尔斯的科罗拉多州落基山区，艾比的亚利桑那州荒漠，海因斯的阿拉斯加州荒野……他们写下的文字绝非道听途说的作品，均为可读性和故事性极强的散文，或者在尊重自然规律的基础上进行一定虚构的小说，融文学性和科普性、知识性和趣味性为一体，深得读者喜爱。

自然文学在中国

近十余年来，随着国人对自然的认识渐渐提高，自然环保概念在中国得到一定的深化，也出现了一些所谓的"自然文学"。但在我看来，目前这样的"自然文学"不过是一种噱头。

首先，国内很多地方的自然生态早已遭到了难以复原的破坏，即便要修复，至少也得几十上百年的时间，因此缺乏真正完整的生态链——虽然有森林，但林中已没有大型动物——人类毫不留情地占据了野生动物的生存空间，因此，真正意义上的"自然环境"仅存于少数极其偏远的地区，一般人难以抵达。

其次，作家创作缺乏自发性和自觉性，也缺乏生态良知。许多作家即便创作了一些关于自然的文本，也往往是应景之作，并非自发而为之，而且他们还缺乏对自然深层次的体验，因此，这样的作品虽涉及自然，却也仅仅是触及皮毛之作。这一点也恰好反映了目前国内普遍存在的一个认识误区，即很多人认为，凡是涉及自然的文学作品便是"自然文学"。

一般作家往往缺乏深入山林甚至独居山林的勇气和耐心，不会像梭罗那样把身心沉浸在静谧的湖水中，或在山林间漫步，长时间观察一棵树、一片叶子在秋天如何变黄或变红，或在田野上品尝野果，接受造物主对人类的馈赠；更不可能像美国"落基山公园之父"埃诺斯·米尔斯那样，在长达20年的岁月里，数百次往来于山林间，或在山间小木屋观察生活在屋檐下的那窝小蓝鸲，或在林间溪畔追踪转移巢穴的丛林狼，或在群山深处拯救遭遇不幸的幼熊……

在国外，自然文学远比中国要走得早，也走得远，自然及自然文学类作品为数众多，国内虽有一些介绍，但其深度和广度均不够，仅就美国自然文学而言，目前已经介绍到中国的作品也不过是极少一部分。这套《自然物语丛书》的宗旨就是填补这一空白，计划收入那些在中国未曾出版或以前出版过但译文不佳、颇具收藏价值的外国自然文学（以自然文学大国美国为重点）作品，突出作品的原创性、故事性、科普性和可读性。这样的作品既是文笔优美的文学作品，也是趣味性极强的科普读物，对于加深中国读者对自然的认识肯定会有莫大的帮助。目前，国民对自然方兴未艾，绿色环保和认识自然也作为常识而进入了大、中、小学课堂，不过多数国民对自然的认识还停留在初级阶段，或者不得要领，存在着很大的局限性和片面性，因此，阅读自然文学作品就成为帮助其重新认识自然最主要、最有效的方式之一。而《自然物语丛书》恰好能满足广大国民在这方面的需求，能帮助他们加深对动物、植物、季节及山川风物等自然细节的认识。出版《自然物语丛书》的主要目的，借用美国自然文学家巴勒斯的一句话，就是"我的书不是把读者引向我本人，而是把他们送往自然"。更重要的是，由于《自然物语丛书》行文流畅、内容有趣，融故事性和科普性于一体，因此适合男女老少各阶层读者赏读。

我相信，在经济飞速发展、生态问题不断恶化之后又得到逐渐重视和解决的中国，在当今"美丽中国"和"绿水青山就是金山银山"等鲜明的生态思想的指导下，优秀自然文学读物对于协调人与自然的关系具有非常积极的意义。

译　序

董继平

　　一直以来，美国东部的马萨诸塞州都是人文底蕴厚重之地。早在19世纪上半叶，这里就诞生过以爱默生、梭罗等人为首的"超验主义"作家群，这些作家相当重视人与自然的关系，强调直觉的重要性，认为人类世界都是宇宙的缩影——爱默生甚至说："世界将自身缩小为一滴露水"，因此他们持续不断的文学探索活动被后人誉为"美国的文艺复兴"。可以说，以他们为起点，倡导人们深入自然、探索自然和体验自然的传统就延续了下来。到了 20 世纪初，马萨诸塞州更是成为了自然主义者和博物学家的大本营，以自然为抒写对象的作家众多，作品迭出，其行文风格也各显不同，或叙事或抒情，或粗犷或细腻，或天马行空，或娓娓道来……而在其中，温思罗普·帕卡德就是一个不应该被忽视的人物。

温思罗普·帕卡德（Winthrop Packard, 1862—1943），美国自然文学家、博物学家、环境保护主义者。他生于波士顿，1881—1883 年在麻省理工学院攻读化学，但后来转向文学创作，为多家报刊撰稿，逐渐成名。在 1898 年美国—西班牙战争期间，他曾短暂加入美国海军服役。此后，他成了环保主义者，并广泛游历，同时为一些报刊撰稿，写作涉及自然的文章。1900 年，他成为波士顿、纽约、圣保罗等城市几家报纸的签约记者，并担任了当时重要的家庭杂志《青年伴侣》的编辑。此后不久，他便搭乘破冰船"科尔文号"前往阿拉斯加，深入北极地区游历、考察，回来之后，他将这段经历写成了一部虚构作品《年轻的冰上捕鲸者》（1903），并获得成功。

在帕卡德生活的那个年代，美国的环境保护运动风起云涌，他也置身其中，成为马萨诸塞奥杜邦环保运动早期发展史上的重要人物之一。从那时起，他所在的马萨诸塞奥杜邦协会不断发展壮大，如今已成为美国新英格兰地区最大和最著名的环保组织。当时，他不仅担任该协会的秘书和财会，还出资帮助建立了麋鹿山鸟类保护区。同时，他以马萨诸塞为中心，以新英格兰地区为主要活动范围，深入这一地区的自然荒野进行田野调查，探索并体验那里的原生态环境，仔细观察动植物，从而创作出了诸多自然随笔集，包括《佛罗里达小径》(1909)、《荒野牧草地》(1909)、《野林之路》(1909)、《林间漫游记》(1910)、《林地小道》(1910)、《一个博物学家的文学朝圣之旅》(1911)、《白山小径》(1917)、《老普利茅斯小径》(1920)等，其中尤以《荒野牧草地》《野林之路》《林间漫游记》《林地小道》组成的《四季物候志》最为著名。

《四季物候志》是帕卡德的自然文学经典作品。在这4部作品中，他以春、夏、秋、冬的物候现象为主题，以深入的探访、细致的观察、深邃而辽阔的沉思和联想、优美的文笔为载体，记录了20世纪初马萨诸塞及周边地区多种动物和植物在不同季节的不同呈现和转变，全面展现了当时当地的自然风物。

《林地小道》是帕卡德所著"四季物候志"中的"春之书"，由13篇自然随笔组成。在这部作品中，作者以春季的种种物候现象为线索，描述了大自然在这个季节显现出来自然风貌和人们可以进行的户外活动，同时也体现了作者对自然博大而深沉的情怀，向读者传达了一种沉浸在大自然中的崇高精神。在本书中，他以优美的笔调、流畅的语感，对春天的景物进行了细致入微的观察和记录，把春天推进的整个进程描绘得淋漓尽致：

春寒料峭之际，南方的雨带来了暖意，大雕鸮率先筑巢、孵卵、捕猎，而乌鸦还很谨慎，尚未筑巢；林地上逐渐有了各种颜色，一些树木摆脱了冬天的单调，开始发芽；塞克罗皮亚蛾顺应春天的气息，抖开了毛茸茸的翅膀;第一对蓝鸲飞临、鸣啭,成为春天温和的诺言……

春天的黎明,从群居转为独栖的乌鸦喧闹不停,湖泊中仅余薄冰,堤坝上的水开始潺潺地絮语;歌带鹀发出清晰、圆润的歌声,兴奋地鸣叫,野鸭飞掠头顶,又落回到湖泊捕食;柔荑花即将从卷须上开始抖落黄色花粉,在原野上传播花粉,草木发出清新的气味……

3月的风成为春天强有力的扫帚,通过它的打扫,冬天残留的腐朽植物被吹扫得干干净净,从而为新生的草木让路;歌带鹀、黑鹂、金翅雀或歌唱或飞翔;天蚕蛾蜷曲在叶子中,随时准备现身;黑鸭和巨头鹊鸭聚集、嬉戏、捕食;春天的第一种蝴蝶——黄缘蛱蝶,栖息在松树皮上……

越过牧草地,通往乡野的林中路令人着迷,一路上,你会遇到鸟类大聚会、各种啄木鸟栖居的天堂,还有沼泽地上形形色色的植物:香蒲、沼泽禾草、贯叶泽兰、斑茎泽兰和水连翘……在湖畔,清澈的水拍打在沙滩上,湖中挤满黑鸭和秋沙鸭,它们正在狂欢……

4月,湖水呈现出琥珀色,胭脂鱼沿着小溪逆流而上,甚至跳上小瀑布,游向产卵地,男孩们开始捕鱼,而捕捉胭脂鱼更好的方式是站在水中,双手抓住鱼鳃,拉起来抛上岸;一只猎犬会引导你走向牧草地或树丛,去寻找春天:枝头的狐色带鹀,路边的委陵菜、伞房花越橘、野菝葜、欧亚瑞香……

林地的沼泽中点缀着形形色色的苔藓和地衣,呈现出精致的色彩之美——须松萝、梅花衣、冰岛衣、牛皮叶、尖叶油藓、杉叶石松、大羽藓、金鱼藻、白发藓、提灯藓……两条隐蔽的溪流漫过宽阔的沼泽,最后注入湖泊。沿途，红松鼠窃笑，乌鸦发出哈哈的叫声，山雀嗤笑；林蛙在水岸边聚会，举行春天的大合唱，偶尔有一只雨蛙吹奏出圆润的音符……

从2月开始，北风和太阳就开始了拉锯战，到了4月，阳光金色的军队占据了主动，大地回温，蛰伏的生物露出生机。一只只蝴蝶——猎人蝶、蛱蝶或随风翩翩起舞，或降临到山谷中，然后轻轻一拍翅膀，就消失在视线之外。4月，各种植物绽放，花香随风飘荡，诱惑蝴蝶飞出隐身处，寻觅花蜜……

4月的阵雨伸出爱抚的手指，在四面八方奏起快乐的曲调，让草丛萌生，在大地母亲温暖的胸怀中成长，泥土张开的毛孔散发出清新的气味。从这样的雨水中，小昆虫接受音乐课，拟蝗蛙颤动着幸福的乐章；香杨梅、香蕨木和蜡杨梅或灼灼绽放，或芳香四溢，或色彩绚烂；乌鸦暴力求爱，金翅雀则和谐求偶……

一到5月，牧草地的生物就开始骚动、雀跃。橙腹拟鹂的橘色、黄色和黑色开始忽闪，赤腹鸫的歌声响亮、悦耳；修女般端庄的雪松，全身绽放出花朵；落叶松尽显苗条之美，叶片羽毛一般柔软；脆柳站在水里，纤细的嫩枝如此脆弱；星点水龟跃进水中，默默地溜走；绣线菊和柳叶繁缕的叶片栩栩如生，豹纹蛙从芦苇根部鸣叫——此时，众多蛙类都把卵产在水中……

在泥沼上，划着小船前行，甸杜构成的屏障挡住了去路，它的小白花犹如串着珍珠的绳子，引来蜜蜂和野蜂嗡嗡哼唱；雨蛙吹奏起笛子，豹纹蛙打着呵欠；星点水龟端坐在水平线上，昂首晒着太阳；麻鸭争风吃醋,粗暴地对待伴侣;为了争夺配偶,两只大麝鼠短兵相接地打斗;潜伏在草丛中晒太阳的巨大鳄龟,其外貌让人惊骇不已……

垂钓鳗鱼需要技巧。首先是鱼饵,肥大的蚯蚓最佳,在夜幕下捕捉最佳。渔夫用金属针把蚯蚓串在坚韧的鞋线上,在堤坝上选定最有利的地点,点燃篝火,投下鱼线;然后,大群的鳗鱼便会循着灯光游来。随着鳗鱼咬钩,渔夫稳稳握住鱼竿,用巧力将其一一钓出水面,扔进草丛……

黑冠夜鹭远不如以前那样常见了。由于它们日渐稀少,其主食——鱼类便开始丰富起来;年轻的夜鹭贪得无厌,不断让你把更多的鱼喂给它们,但当你离开片刻,它们便会吐出业已吞下的鱼,悄悄囤积起来;大蓝鹭身材苗条,但也远不如以前那样常见了;小绿鹭则十分常见,栖息在岸边粗枝的阴影中,你通常在不经意间就掠过它而去……

6月的黄昏,夏天越过山丘来临。作为夏天的先行者,三声夜鹰、猩红丽唐纳雀、绿霸鹟、蜂鸟开始筑巢、歌唱,欢呼来临的夏天;假毛地黄、耧斗菜、伏牛花、山茱萸或呈现出绿色嫩枝,或纵情开放;众多蝴蝶——蛱蝶、弄蝶在阳光下翩翩起舞,如同闪烁的信号……夏天来了!

虽然温思罗普·帕卡德的作品形成了体系,且在美国自然文学发展史上占有一席之地,但中国读者对他还闻所未闻。因此,这一书系就成了其作品在中国的首译。我相信,这些渗透了作者对大自然深厚情感的文字,这些作者的真实经历,这些令人向往的田野调查,对于构建当今的"美丽中国"具有十分重要的借鉴意义,不仅能让国人了解到大自然中诸多鲜为人知甚至不为人知的细节,更能唤醒人们的生态良知,增强其保护自然的意识。

2019 年 3 月于重庆云满庭

林地小道

Contents

第1章	南方的雨	1
第2章	春天的黎明	15
第3章	三月风	29
第4章	林中路	45
第5章	四月的小溪	61
第6章	乡野探索记	77
第7章	春日遇蝶记	95
第8章	四月的阵雨	109
第9章	五月的约定	125
第10章	泥沼探索记	141
第11章	垂钓鳗鱼	157
第12章	消失的夜莺	173
第13章	夏天的先行者	187

第 1 章　南方的雨

South Rain

尽管有"老农的历书",但3月并不是春天的月份。它只是冬天与春天之间空白的一页,但是,如果你仔细审视就会发现,这个空白页上写着我们都在搜寻的诺言……

虽然眼下已经是3月初，但夜晚还是那样黑沉沉的，空气凛冽刺骨。鸽子沼泽（Pigeon Swamp）徒有其名，几乎半个世纪都没有鸽子栖息了，今天，尽管这里就像往昔有成千上万只鸽子聚集的时候那样荒凉、孤寂，但在它那阴沉的深处，也回响着一声音调深沉而孤独的鸣叫，那声音犹如阵阵狗吠，只是因为如此的调性才显得过于荒凉、可怕。那种声音过后是片刻的沉寂，接着就响起了一声可怕的尖叫。

对于听到那种尖叫的人来说，那声调实在是令人毛骨悚然，却让那只大雕鸮（great horned owl）感到安心，因为那声尖叫是它那捕猎的伴侣发出的叫声，它甚至对此感到欣慰——此时，这只雌鸮正依偎在那两枚带着斑点的大蛋上，用自己的身体挡住寒意，为其保暖；而它的伴侣则展开蝙蝠般的翅膀默默地滑行，在树林开阔的空间里拍动，希望捕猎一只已经栖息下来的鹧鸪（partridge），我想象那深沉的"呜呜……呜呜……呜呜"的声音全是一个调子，就像训练有素的狗发出的呜咽声，而如今令人遗憾的是，人类频频使用唧筒式霰弹枪，已经让猎鸟如此稀少了。今夜，尽管那尖叫令人毛骨悚然，但那也许是在为一只兔子的突然死亡而举行狂欢，因为大雕鸮贪婪得可怕，对于任何活物，只要能用爪子攫走，它都统统来者不拒。

这种尖叫也可能是雕鸮特有的方式，是它在巢穴之上表达狂喜和春天的诺言的方式——在初春那些阴冷、荒凉的日子里，唯有雕鸮不惧寒意，勇敢地预先筑巢。在这个时候，从表面来看，冬天还牢牢地控制着我们。一般来说，大雕鸮的家务安排常常在2月底就完成了。大约在这个时候，尽管在更远的北方，一直到达北极圈附近，温度计会指示着零度或零下，地面上会覆盖着厚厚的积雪，灰噪鸦（Canada jay）也会产卵，但这里的马萨诸塞，其他鸟儿都不会这么早就筑巢、产卵。

我不知道雕鸮究竟在什么树上刻下了逝去的日子，反正它的历书如同老农的历书一样可靠，它清楚地知道春天的临近，我敢说，冬天跟我们待在一起的其他鸟儿也都知道，尽管那些鸟儿的体形并不很大，且声音嘶哑，但在这个季节还如此早的时候，它们也不曾冒险让自己听天由命，把一切都交给敌人。3月下旬，横斑林鸮就会筑巢，一过愚人节，鸟鹬（woodcock）就会偷偷地飞向北方，把那些奇怪的、尖角的、有斑点的蛋放在某个小小的窟窿中，而那样的地方往往位于沼泽，恰好在高水位可达的地方之上。

相比之下，乌鸦依然更谨慎。4月15日之前，在它们构筑在这一带的巢穴中，你几乎找不到它们的蛋，但如果你把搜寻日期推迟至25日，那么你就会找到它们的蛋了。然而，在春天临近的时候，它们都知道，我也知道，我想自己得知了那把消息传递给它们的秘密。事实上，那不是南风吹来了——因为在冬天，南风随时都可能吹来——而是在这同一阵吹来的南风的翅膀上，某种事物来到了它们身边。

这一夜，鸽子沼泽的那只雕鸮身披月光，如此细心地孵蛋，但接近子夜的时候，一片紫色的黑暗从寂静的天空四周升起来，柔和地涂抹万物，让大地上的万物都模糊不清，甚至还让大雕鸮栖息在它的配偶身边，没有起飞去捕猎。那时，风停住了气息，从北方带来深深寒意的微弱空气蹒跚而行，渐渐平息了下去，把它的温度留在所有的田野和森林上面。空气凛冽刺骨，地面犹如回火钢一样在脚下发出声响，可是，为了得知来临的究竟是什么，你不得不聆听，或者深深地呼吸。遥远的尖塔上传来了十二声钟鸣，沿着好几公里清晰的路程引起虚构的回响，空气在你的鼻孔里留下双重性，那种双重性是冬天的空气从来没有权利去占有的。对于日日夜夜都了解开阔的田野和森林的人来说，这一诺言尽管微妙得难以界定，却也明白无误。

无论那是声音还是气味，抑或是这两者，我都因此知道了有一阵南风正在来临，在它那芳香的气息上，带来了那些香料般多情的热带气味，只有当春天正在路上的时候，它才会吹临我们这片冻结的土地。在这位女神来临之际,香水就从她的衣服上洒落下来,南风将其捕捉住,而且先于她的脚步带给我们。你可以嗅闻这些远离了西印度群岛海岸的相同的 3 月气味——香料般令人陶醉的芳香,诞生于热带野花的心中,在每一阵微风上飘散、离开,被吹向大海。

那奇妙的葡萄花色调随着它们飘浮而来,用天鹅绒一般的柔软触摸所有的水域,一直到这些岛屿的北方,因为气流始终把它吹向北方和东方,有时几乎吹到了不列颠群岛[①]。当你的船从纽约驶向利物浦[②]或者南安普顿[③],或者勒阿弗尔[④],或者荷兰角[⑤]的时候,在汪洋大海之中,你在四面八方都能看到它。所有这些香料都在南风上进入空气,而这样的南风往往诞生于向风群岛[⑥],沿着我们的海岸旋转着一路北上,最后渐渐消失在纽芬兰[⑦]或者拉布拉多[⑧],或者格陵兰。我相信,雕鹗就像我一样熟悉它,在初次闻到它的时候就开始筑巢。

---

① 即英国。
②③ 均为英国地名。
④ 法国港市。
⑤ 荷兰地名。
⑥ 在西印度群岛,是组成小安地列斯群岛的一部分岛屿。
⑦ 加拿大东部的一个大岛。
⑧ 加拿大东部一地区。

黎明时，风开始吹拂起来，所有凛冽的寒意都在空气中变得柔和，雨滴模糊了南面的窗户玻璃。温度已经升到了零度冻结点以上，而且还在继续上升。大气中充满那种丰富的、凉爽的清新，它是随着雨云飘洋过海，远远地吹来的。它的特征与我们从东方的雨中获得的特征相同，但其中也有那种香料的暗示，还有飘离毗邻加勒比海的热带群岛上那种柔和的紫色烟霾。在走进外面的紫色烟霾之前，我驻足片刻，发现了另一种动物感到了春天微弱的呼唤，而且还做出回应，恐怕它回应得太快了。这是一只巨大的塞克罗皮亚蛾。前一夜，它还安全地隐藏在茧里面，就在我的壁炉架上——去年12月，我就把那个茧放在了那里，等着它破茧而出。

夜里，这只蛾子回应了那声呼唤，如今它栖息在它的那个茧的密室之外，随着那似乎是因为热情或愉快而震颤的脉动动作，轻轻地展开了翅膀。在它那丰富的、表面毛茸茸的躯体和翅膀上，我注意到柔和得优美的色彩，那即是红色、灰色和棕色以及玫瑰的灰白色调，还有很多其他色调，优美得让我们根本无法用言语来描述或界定它们。

这是在一个人的房子里出现的一种奇妙的动物，它泰然自若地栖息在这个人的壁炉架上，对他沉着而安详地眨眼，仿佛这个人本身是入侵者，房间是这种来自仙境的动物寻常的栖息地。我仔细地研究它，的确认为它随时都可能消失，随后我就走到外面，冒着柔和的南方之雨进入树林，结果却发现，我在房间四壁的阴影中认为如此奇妙的它的那些色彩，原来被大量复制在我的周围。

它那天鹅绒般洁白的斑纹，在一些地方排列着，勾划出如此深沉的棕色，好像既是浓浓的紫色，又是黑色，是耸立在我四周的桦树干的颜色。此外，还有红褐色的色调一直穿过一簇簇遥远的桦树嫩枝，逐渐变成珍珠的粉红色和淡紫色。它那灰色的软毛是灰松鼠最柔软、最丰富的软毛，那种灰色再次逐渐变成唯有红松鼠的软毛才能媲美的红斑。它的身上呈现出棕褐色，色调变化、柔和，从绚丽到精致的苍白，去年所有的树叶和草丛都拥有这样的色彩。在它的周围，各种色彩跟它完全相配，它遍布整个树林，一千倍地重复在树皮、嫩枝、地衣和阴影之中。

我不得不站在这只巨大的蛾子旁边，用我心灵的眼睛去观察整个林地都从它的茧里迸发出来，展开翅膀飞翔。事实上，飞翔是它后来才做的事情，现在还不到时候。同时，南方的雨把它的色彩洗涤干净，露出那些色彩的绚烂之美。在它的里面，你无疑看见了新的生长和新生活的诺言。树木和灌木如同小学生一般伫立着，它们那闪耀的早晨的面庞，刚刚因为即将来临的新学期而被洗濯得干干净净。所有原来肮脏的痕迹统统都消失不见了。在野樱桃棕色的面颊上，黄色雀斑在远处闪烁；柳树面色中那种浅浅的橄榄绿色调，在它刚刚获得的绚烂中变得透明。

俯视那些健壮的枫树嫩枝通透的红润光亮，它们看上去似乎应该有黄头发和充满阳光的蓝眼睛，这些树林的撒克逊人的色彩如此绚丽，在这关心、体贴的雨水下面，这色彩如此清新地闪耀。

就连那原本阴沉的胭脂栎，那些阴沉的埃塞俄比亚人，也不像它们在整个冬天被涂得那么黝黑了，却在绚丽的深绿色色调中丢掉了原来的乌木色调，对于树林其余区域的塞克罗皮亚蛾之美，那种深绿色成了悦人的衬托。

缺乏的颜色是蓝色。对于林地的绚丽色彩，天空的铅灰色只是衬托而已，我一路向前漫游，到别处去寻找天空本来的色调。山丘上有獐耳细辛（hepatica），它们开放时的色彩几乎不是蓝色，却更为经常地显现出紫色甚至淡紫色，它们会缺乏一种更为显著的色调。我尚未发现一株开花的獐耳细辛，它们三裂片的叶子依然碧绿，仅仅显露出了冬天霜雪带来的些许折磨。在每一簇这类植物的中心，都有一个尖角的蓓蕾，里面包裹着长满软毛的花朵，它本身就像我的这位蛾子来客，覆盖着软毛保护层，可是迄今为止，从它身上还看不到一点儿色彩线索的暗示。为了确定这一点，你也需要在初春刚一开始就仔细观察，因为獐耳细辛是最害羞、最胆怯的美好年轻的植物，当它初次开放，它就如此谦逊，因此你不得不掰开它的下巴下面的头状花序，这样就恰好能够瞥见它们的眼睛。稍后，那哄骗的太阳让它们恢复了信心，而它们本身也犹如疑惑的孩子，平静而天真地凝望着太阳。

在多沙的南坡上，也可能有紫罗兰（violet）存在。随后的这一年中，整个田野都将因为它们的怒放而变得一片蔚蓝，四周都有它们那箭头形叶片的圆花饰，寒意为了阻止它们在冬天生长，不得不严苛地抑制它们，我不相信寒意的努力会完全奏效。那曾经是一个温和的季节，我想，在几天温暖的咒语期间，紫罗兰便获得了机会，大约在那圆花饰的正中心，它们又秘密地萌发出一片叶子。如果是这样的话，那它们就有充分的理由带着蓓蕾更多的无畏，来遵循这种勇气，而实际上，没有一个蓓蕾充分绽放，从而显露一点儿我所寻找的那种蓝色线索微弱的暗示。

对于紫罗兰几乎没有什么期待。它们如此坚定，充满质朴、普通的常识，因此你很少发现它们打破常规而生长。早在它们做出响应，比惯常的日期开放得更早之前，温暖的天空和南风就可能会挑逗它们。它们熟悉世界运转的方式，意识到年轻人僭越严苛的常规界限是多么愚蠢。另一方面，也许正是因为这一点，满怀天真的獐耳细辛却很少在乎常规。实际上，我还怀疑它们是否知道有常规这种事情存在，或者它们是否听说过这样的事情会把它们辨认出来。如今，在某个阳光明媚的隐蔽的角落，某一株轻率而年轻的獐耳细辛身披珍珠灰色的软毛，很可能在开放，尽管如此审慎，它也会如此隐蔽，我无法发现那种色彩线索的暗示。我知道它们半睁着浅紫蓝色的眼睛，躲在冬天的积雪保护层下面。

接近夜幕降临时，雨停了，云层从苍白的天空上散尽，让阳光把温暖尽情地倾洒下来。很难断定雾霭去了哪里，可是它们的的确确都消失殆尽了，一轮春天的太阳开始擦拭万物的泪水。在阳光的爱抚之下，你仿佛能看见蓓蕾稍稍膨胀起来，尽管我在那里不曾看见这样的情景，但此刻我也相当确信：沿着溪流一路向下，柳絮从它们保护性的棕色外壳中挣脱了出来，大胆地宣布春天的来临。

它们也许这样宣布过，我本来会看见自己到过那里，因为就在那时，我得到了一条消息，天空中传来一个微弱的嗓音："我们很快活，我们很快活！"在远方练习复活节颂歌的天使唱诗班传来的回音，本来似乎可以更悦耳，或者让那置身于蓝色烟霾底下的我更愉快，而那蓝色烟霾正从落日中吸取金色光辉的柔和——那歌颂又变成神圣的、闪烁的蓝色微粒，如同一点点祝福翩然而下，落到了一棵古老的苹果树上。

当然，那只是一对蓝鸲（bluebird），如今我不知道它们是不是最初到达我的这部分牧草地的候鸟，是不是两只留在这里过冬的鸟儿，也不知道我以前是否在明亮的日子里见过它们。无论它们来自何处，都提供了我所搜寻的一点儿蓝色，因此，它们的存在如同欢乐的化身，让人惬意。然后，它们的颂歌中那种温和的、啁啾的美妙就响了起来，它们此时的嗓音，还有我在不到24小时前听到的大雕鸮野性的嗓音，两者之间存在着多么大的差异！这种差异之巨大，一如北极的冬夜和南方夏日的阳光：猫头鹰发出的是冬天野性的咕哝声，而蓝鸲歌颂的则是温和的春天的诺言。

当然，实现那个诺言的过程也许很漫长，积雪可能会深厚，霜降可能会阻止柳絮吐露出来——尽管蓝鸲其实不那么在乎霜降，可能还不止一次被驱赶到雪松沼泽那深深的庇护所，可是这样的情况并没有夺走那个诺言，那个驾驭着南风的翅膀而来临的诺言——那个诺言让大雕鸮在乌鸦废弃的巢穴中产卵，让蓝鸲搜寻那古老的苹果树，将其作为自己的第一个栖息处。尽管有"老农的历书"，但3月并不是春天的月份。它只是冬天与春天之间空白的一页，但是，如果你仔细审视就会发现，这个空白页上写着我们都在搜寻的诺言——那把我那只巨大的塞克罗皮亚蛾诱出它那暖和而舒适的茧的希望。

第 2 章　春天的黎明

Spring Dawn

一方面是夜晚和冬天,另一方面是黎明和春天,我在两者之间走向一个令我愉快的驻足之处……我听到了堤坝上的水潺潺流淌的哼唱,听到了下面溪流的絮语,一只歌带鹀清晰、圆润、兴奋的嗓音,恰好穿过这些声音而传递过来。

就在最近，我有时候前往牧草地松林旅馆上夜班，从事社会服务工作，因此特别注意那些投宿的乌鸦，而通过对乌鸦的观察，我得出了这样的结论：在过去大约20年中，我所在的镇子上的乌鸦改变了习性。

以前，这些乌鸦在冬天习惯于群居栖息。冬天的傍晚，在位于大松树丛中的惠勒寓所上面，你能发现数百只乌鸦的群居地，它们从四面八方赶到这里，发出乌鸦言语那种十足的喧闹，更确切地说，是乌鸦的叫嚷，直到黑暗降临，它们才全部聚集在一起，排成长长的一行，栖息在树枝上面，渐渐进入梦乡，我猜想，它们聚集在一起是为了抱团取暖。在这里，每只乌鸦都把脑袋深深地插在翅膀下面，那样的姿态保持到黎明。到了黎明，它们会更加喧闹，还会一起疾飞到某个进食之地吃早餐。随后在白天，它们会各奔东西，外出活动，仅仅在入夜时才回到这个通常的栖息地。

这可不是很安全的举动，因为农场的男孩常常渴望使用新猎枪，还不到日落就来到这个群居地下面，躲在松树丛中，等到乌鸦们完全安歇之后，便举起双筒猎枪开火，对其大开杀戒。也许正是因为这样的杀戮，使得乌鸦们放弃了以前的习性，因为现在众多乌鸦尽管栖息在惠勒寓所，但它们都独栖着，可以说，每只乌鸦都拥有自己的空间。

对于牧草地松林旅馆的这些乌鸦客人来说，这种情形同样是真实的。今天早晨，我感到很愉快，因为我偶然在那里把它们早早就唤醒了，并以代理人的身份唤醒了整个乌鸦镇子。昨夜，当最后一丝琥珀色从日落的天空上渐渐消隐，让一颗黄绿色的晚星几乎就像最初的水仙花露出来，一只乌鸦飞越了那种琥珀色，以蝙蝠飞行的那种方式滑行，降落到某棵松树上栖息。

我记下了那棵树的位置。因此今天早晨，在天空几乎还不曾露出一丝鱼肚白的时候，我就在那些黝黑的粗枝下面偷偷前行，打算预先抵达那只乌鸦栖息的那棵树下面，伺机去看看它。在我的计划中，小径上应该没有障碍物和不确定的光，于是，我就在大树下面铺满松针的林荫道上悄无声息地接近那里，谁知正当我越过田野，距离我要观察的那只鸟儿还有一百米的时候，不巧踢到了一根断裂的枯枝。

"什么？那是什么？"紧接着，乌鸦这种准确无误的质询就响了起来，从我标注为乌鸦栖息地的那棵树上，清晰地高声传来。在那根树枝突然折断和那只乌鸦的回应之间，紧凑得没有一点儿呼吸的空间。的确，乌鸦镇子上的夜班职员工作很轻松，无须在那些要被早早唤醒的客人的房门上连续猛击，轻轻敲一下就够了。我原来希望伫立在那棵树下，在黎明灰白的光芒中看见我要观察的那只乌鸦，看见它把脑袋从翅膀下拉出来，张开它那黑色的大嘴打呵欠，然后看看它像鸟儿习惯的那样，伸一伸翅膀和爪子，察看一下世界，并且一瞥见我就飞出老远，通常还在匆忙中对着世界大叫，发出警报。

可是它无须看见我，那根树枝就啪的一声突然折断了，迫使它睁开眼睛、张开耳朵。它听见我的脚步在田野冻结的草丛上发出松脆的声音，那棵被标注的松树上立即就响起一阵翅膀拍打声，它飞到两百多米开外，前往它的邻居栖息的树端上一个安全之处。它肯定说了三件事情，这些事情全都如此清晰，以至于所有听者都能理解。尽管语言不同，但是在所有动物中，语言所导致的情感和变调却并无不同。即便是对于森林知识一无所知的新手，也能理解那只乌鸦说出的话语。

它最初突然说出的话语，显然夹杂着惊讶和质问。它在睡梦中听见了一个噪音。很可能它原本以为那是同伴在呼唤它起床，开始这一天的劳动。然后，当那声回应成了一个人的脚步声，它就落荒而逃，前往安全之处，发出那种短促而紧张的叫喊，而那样的声音始终都是危险的信号。然后，当它再次歇落到安全之处，意识到这又是早晨了，它该醒了，到大家聚在一起的时候了。"嗨——嗨，嗨——嗨，嗨——嗨"，它如此鸣叫，那种叫声既不悦耳也缺乏礼貌，可是，在一种躁动的友情的精神状态中，它有意要唤醒八百来米范围之内的每只乌鸦。因此，根本无须我的唤醒服务，在八百来米范围之内，每只乌鸦都回应了它的那声呼唤。接着，我能听见更远处的乌鸦也开始活跃起来，继续鸣叫，因此这样的叫声无疑在漫无休止地持续下去。

我感到，仅仅是因为我踢到了那根枯枝，在乌鸦们通常醒来的整整半个小时前，我就唤醒了马萨诸塞东部的每只乌鸦。无论如何，我都得悉了一件事，因此将其报告给公寓委员会，那就是，这一带的乌鸦如今打消了住集体宿舍的念头，而是在夜幕降临后各自占据个人空间。尽管它们分散在牧草地和林地各处，但没有哪两只乌鸦相距在一百米的范围之内。

尽管时间临近了，它们却尚无转而筑巢和交配的念头，因为在日出时，它们依然在欢闹的友情中群居在一起，你能听见它们整天聚集着，发出啁啾的声音，到处欢叫。此时，它们可能开始"注意"恋爱对象，我怀疑某些欢闹很可能超越了这一点。然而，它们尚未达到成双成对的阶段。而当它们出双入对的时候，群体就会自动消失，你几乎不可能认为有一只乌鸦留在整个树林里面。然而，即便是轻轻走动，你也很可能会惊起一对乌鸦，它们正在检查一棵松树，看看是否适合筑巢。通过躲在隐蔽之处侧耳谛听，你可能听见那种古怪、低音调、拉长的呱呱声，那是一首情歌。我听人说过，这种情歌被描写成"悦耳"，但事实并非如此。这种情歌仿佛是谷仓门的铰链发出的声音，试图唱出"答应我"。

尽管如此,乌鸦们再也不会群集在一起了。

当我唤醒那似乎会证明其筑巢计划正当合法的乌鸦,那悄悄溜走的夜晚当然就不会有太多东西。当我走出去时,温度计在我那被遮掩的前廊上指示到20度。旷野中,温度肯定还要低一些。地面成为那内部结满霜的燧石。以前的厚冰确实从湖泊中消失了,被太阳分解性的暗示和西北风强劲的鞭笞击破,可是,在它的那个位置上,有一层昨夜新结的薄冰。你静静地伫立,依然会感到那刺来的北风之矛。这是冬天。然而,为了得到临近的春天存在的温和的保证,你不得不深呼吸。如果你活泼地行走片刻,北风之矛就会噼噼啪啪地掉到结冰的地面上,你走在一种温暖、亲切的新氛围中。从一个地点到另一个地点,到处都有竞争的力量设置的警戒线。

西边,那如今月盈已过数日的苍白的冷月,从蓝黑色的天空上沉落下去,那片天空可能是12月最凛冽的夜空。东边,有一层层低垂的乌云,它们标记着那大约从34公里之外的海洋上升起的微暗的春雾,在这些乌云之外,黎明的彩虹色忽闪到上面那清澈、苍白的天空中,而天空则呈现出最柔和的斑纹,也呈现出苹果绿。一方面是夜晚和冬天,另一方面是黎明和春天,沿着松树遮蔽的小径,我在两者之间走向一个令我愉快的驻足之处。松树小径结束了,柳树让春天的黎明穿过它们萌发的脆弱的细枝而渗漏下来。就在那里,我听到了堤坝上的水潺潺流淌的哼唱,听到了下面溪流的絮语,一只歌带鹀清晰、圆润、兴奋的嗓音,恰好穿过这些声音而传递过来。

"科林克、科林克、喊、喊、喊、喊、喊、茨普、西德尔、斯威特、斯威特",那只鸟歌唱着,它的歌与溪流那嬉戏、欢闹的叮咚声如此合拍,因此我知道它位于下面的桤木丛中,在那里,它可以嗅到汨汨的流水带来的春天丰富的气息。尽管这两种声音迥异,但它们不仅像音乐中的两个部分那样互补,而且还具有相同的品质——它们仿佛是男高音和女低音在合唱。

我一路前行,期待听见蓝鸲的声音。当晨祷的时间来临之际,我又有些期待听见知更鸟的声音,因为整个冬天知更鸟都在附近,而这里有一只歌带鹀,在北返的候鸟冲击波中,它无疑是最初的到达者,率先打破了冬天的寂静。尽管在蓝鸲的声音在空中喃喃低诉之前,它几乎不曾开始自己的第一轮笛子演奏,这两种鸟儿歇落在柳树上,用那种亲切、简洁、柔和的方式唱出颂歌。我想这两种鸟是候鸟,因为稍后也就是在早晨,我听到了其他鸟儿的声音。

接着,在半分钟之后,空中就响起了一阵迅速拍击翅膀的尖锐的声音,在玫瑰色的黄昏中,六只野鸭摇摇摆摆飞过我的头顶。大多数鸭子疾飞时,翅膀都会发出嗖嗖声,然而这是一种如此显著的嗞嗞声,因此我就清楚地知道,这是一群鹊鸭,就是那种通常被人们称为"白颊凫"的野鸭,因为它们如此擅长于演奏羽翅的音乐,从而形成了这一显著的声音特征。它们在我的头上形成一个宽阔的圆圈,然后落回到湖泊之中,在湖里,新结的冰面上露出一个洞孔,给予它们入水捕食的机会。或许是因为好奇,它们停在那里,想看看在不确定的光芒中,究竟是什么东西在湖岸巡游——如果我拿着猎枪,这就可能成为让它们付出惨痛代价的提示,因为它们处于射程之内,很容易被猎杀。然后,它们看见了我,又重新回去捕鱼。它们的存在,给这个并不缺乏魅力的场景增添了野性的笔触,因为你几乎无法把蓝鸲或歌带鹀称为野鸟,它们就像花园里的灌木丛一样驯服。

眼下,鸟儿的歌声和鸭子的翅膀呼啸着穿过玫瑰色的晨曦,让我忘记了空中还弥漫着冬天控制性的寒意,然而,当我越过堤坝,开始沿着湖泊对岸进行攀登的时候,冬天的寒意卷土重来了。这里毫无季节变化的希望。西风吹动那些正在瓦解的厚冰,将其朝着岸边推动了很远,在这里,它冻结在那压力重重的山岭之中,而那些山岭可能跟你在北极岸上看见的山岭相差无几。对于它们,那是夜里新结的冰,沿着湖岸,我可以在它表面的几个地方行走,它的结构就像 12 月初的冰雪一样,富于弹性。

在这里,高高堆积的残骸也不仅仅来自于那场大战——春天的力量从水中撕碎厚冰的大战,还来自冬天和北风一直沿着表面布下了厚约 1.27 厘米的冰层的日常小冲突,春天的阳光让它从其维系处断裂开来,迫使那创造了它的非常的北风在岸上堆积它,把它高高地堆积成长长的一排。沿着这些压力重重的山岭攀登,听见硬结的土块在我的践踏之下嘎嘎作响,回响着空洞而冷淡的调子,感受那吹过新结的冰面的北风刺骨的叮咬,就是走出鸟儿们赋予我的春天的希望,回到北极。我几乎准备好了去寻找海豹,还疑惑自己是否很快会听见爱斯基摩人的狗发出的野性狼嚎，绕过一个地点，就来到他们用积雪建成的圆顶小屋组成的村落。

远远听不见歌带鹀的鸣叫了，在这里，我们重返隆冬。唯有东边才有希望。透过那些毗邻湖泊的树木上的暗色花饰，我能看见天空是一派柔和的、非人间所有的绿色，如同印象派画家笔下的草坪，如今太阳穿过这一切，临近地平线下面，催开春天的黎明的红色郁金香，也催开蓝色、黄色番红花。从冰雪的山岭上，景象虚幻得就像被悬挂在冻结的画廊中，我是很勉强的游客，在观察它的时候颤抖。

为了再次发现新的国度，我不得不再走出短短的一段路程。一条小溪中，更温暖的流水发出婴儿般的咿呀声，潺潺地流下山坡，推走所有的冰雪山岭，温暖它那远远地流入新结的冰的路径。沿着它的边缘，桤木的柔荑花吐露出威尼斯红的缨穗，群集着，悬挂着，因为流水带来的温暖，到处都有一簇柔荑花激动地发抖，因此即便是面对寒风，它们也开始有点儿放松了，在整个冬天保护着雄蕊安全地浸渍过的表面，露出了裂缝。

如今，这些受到宠爱的柔荑花将从卷须上抖落黄色花粉，这样的事情已为期不远了。它们已经露出了这样的暗示。然而，顺着溪流上行片刻，就会有这个正在来临的季节强有力的提示：我闻到了它的芬芳，还没有看到它，我就露出了微笑。

我疑惑，我们为什么总是对着春天最美的花朵微笑？因为它是春天的花，这个季节第一朵真正的花，它生长在溪畔草丛柔和的绿意之中，它黄色的头颅完全包裹在一个栗色和绿色的有条纹和斑点的突出兜帽中，勇敢地伸到那保护性的茎叶上面，伸入刺骨的空气。我看不见开花的肉穗花序（spadix），只看见那堂皇的起保护作用的佛焰苞（spathe），它缠绕在稚嫩的花朵周围，保护它们，帮助它们御寒。当太阳升到高高的天空，这佛焰苞就会稍稍放松，让那些来访的昆虫钻进去给花朵施肥。然而，在清晨寒冷的空气中，它裹得紧紧的。

　　我见过温室中娇生惯养的果园，它们真实的美还不及这朵花的一半。对于我来说，比起很多娇生惯养又饱受赞美的园中之花的气味，比如大丽花的气味，这遭到嘲笑的臭菘散发的气味并不让人讨厌。然而，我第一次呼吸到它的气味，就在嘲笑中露出了笑容，我们大家都这样做。如果臭菘在意的话，那就太糟了。但它并不在意，它没有意识到针对它的那些缺乏教养的批评者，它在沼泽中安详地开花，把昆虫接纳到它的秘密和兜帽之中，在其他花朵都不敢露头的时候，它给这里增添了一点儿绚丽的色彩。即使在我观看它时，太阳也悄悄溜出黑暗的地平线那低垂的雾霭边缘，送来一声金色的早安，就像祝福一样，降临到这溪畔谦卑、勇敢、坚定的美好之物身上。在那样认可之后，所有花朵为什么还要在意呢？

第3章 三月风

March Winds

月亮蛾呈现出最高类型的蛾子之美,让人非常值得去做的是,在树叶间久久搜寻,找到这种蛾子或美国蚕蛾的茧,拥有美好的特权——稍后亲眼看见这可爱的居民从茧中现身,展开仙女般的翅膀,高高地飞进春天柔和的薄暮。

两天来，狂野的三月风猛烈地吹来，时速高达 80 公里，让整个林地都疯了。无疑，三月的野兔疯了，生活在骚乱之中。一旦它以自己的形态舒服地蹲坐下来，那肥胖的金黄色腹部露出丰满的苹果树皮线纹，在溪畔匆忙生长而又多汁的春天药草中，吃掉一点儿绿色细枝末梢，它就准备好用所有的哲学来沉思自然，而造就这种哲学的，正是这样的环境，此时，那种形态上升到空中，它构成的叶片掠过树林，掠过山丘，消失在视线之外，让野兔赤裸。

　　那些通常威严而温和的树木，就像进行追踪的小猎犬那样嚎叫。那给予保护的胭脂栎也疯了，轻拍且鞭打着野兔，直到野兔因为想起雕鸮而深感不安。此时，一些东西从天空中喋喋不休地落下来，仿佛正在遭受大型铅弹的攻击。过了一会儿，所有这些事情都让它心烦意乱，如果它恐惧得让尾巴棉花般的白旗降下半旗，穿过灌木丛而狂乱地喘息，那么对它的责备就很少。即便是人，那精神尺度和重量应该成为镇重物、足以对抗所有冲击的人，在这样一个日子出发的人，也需要将自己镇静的纽扣缝牢靠，要不然，他就会发现他的纽扣会被扯掉，如同野兔的形态，跟他的帽子一起沿着草地飞掠，而与此同时，他自己则到处惊跑，在那里搏击幽灵，斥责那根本看不见的东西。

对于灵魂的稳定性，疯狂的三月风无疑是良好的考验。谁能平和地忍受它们的鞭笞，谁就能观察自己不安定的个人财产与3月的野兔一起发疯，且依然会穿越阴暗的树丛，脑海里阳光灿烂，舌头下没有怨恨，应该成为总统。即便是纽约的文件也不能让他对此进行控诉。

大风狂吹了两天之后，美好的宁静就降临了，降临到那饱受颠簸、被吹得干干净净的牧草地和林地上。我想象，这所有的感觉就像学校男生饱受鞭打之后，在自己习惯的座位上恢复了平静。正如我们很多人都知道的那样，对于那种感觉有一种温和的欢乐，它既无害又无法匹敌。整个林地受到如此的鞭策，被放起来冷却，它感到那不满的冬天消失在它后面，它心中根本没有空间，只有重生的宁静与欢乐。

第二天，大风开始衰退，在午夜前就渐渐消失了，这场狂暴的风如此短命。现在我不知道那些最后的叹息，究竟是为其罪行而悲哀，因此躺在临终之床上忏悔的风的叹息，还是为了生存而搏斗了44小时后，终于给自己找到入睡机会的树木的叹息。在林地的颠簸和吹扬中，可能只有适合身体的东西才幸存了下来。那把去年的可爱的叶片保持在嫩枝上的栎树（oak），不得不让那些叶片像真正的谷糠一样飘零，所有变得虚弱的嫩枝和粗枝也不例外。

就这样，如同谷糠和碎片从森林中被剪除，这些身体上不适合努力生存的树木本身也被清除掉了。眼睛可能无法去挑选这些东西，可是大风却轻而易举地找到了它们。如果大风那稳步突进的淹没性压力还不足以制服它们，那么变化的力量的拷问、突然变向的扭转便会折断虚弱的树干，或者把松弛的树根撕扯出来。然后就有了呻吟和倒塌的撞击声，还有让年轻的草木朝着更多的光和空气伸展的空间。

一年中的任何时候，树木扎根之处都不像现在这样如此暴露出致命的弱点。在冬季，大风可能折断树干，让它把身子砸到地面上。可是，如果树干不虚弱，根部就不会虚弱，因为那落在它们四周的霜甚至坚持得最为短暂，仿佛被镶嵌在石头中。可是现在，当溶解的冰放松了那约有30厘米或更深的整个表面，让它像绒毛一般而且碎裂，那些没有主根且仅仅坚持在这被照亮的表面上的树木，便处于一年中被连根拔起的最大危险之中。在3月下旬或4月初，农夫们常常利用这一机会，在这一带清除长满灌木的牧草地。在一棵牧草地雪松或者一丛结实的越橘（huckleberry）的底部，他们迅速环绕上一条拖链，然后催促老马前行，把这些灌木从松软的泥土中连根拖出来。到了仲夏，当地面变得紧实之后，就无法这样做了。

这是一年之春，是清扫房子的时节。此时，大自然正在进行打扫和掘地，准备到处铺设新的地毯，安置新的家具，如果林地上的任何旧家具不堪竭力忍受，那么它就不得不被清理到木料堆上去。没有疯狂的三月风，森林就会丧失很多新的生殖力，以往的枯木就会阻碍新生的草木，腐朽的轻度忧郁就会盛行，就像盛行在某些沼泽里面——在那里，四周遮蔽的山丘和密集的生长物逃避了大风的清扫，因而腐朽不堪。

然而，尽管清扫房子无疑是必须而有益的，但我们很少有人会喜欢，我们怀着同样的欢乐，欢呼那结果是清洁和咆哮的大风停止了。大风吹了两天，最终让世界上所有的风都堆积在南方的某处，停了下来，那堆积的大气从我们上面飘回来，带来了轻微的蓝色烟霾，如同从夏天的火焰中升起的烟雾，远远地飘浮。所有一直紧绷和密集的事物都放松成涟漪，或软化成泪水。在那个早晨，尽管太阳为拥有力量而沾染那温和的蓝色薄雾，但霜降离开了耕耘过的土地。这样做的，正是普遍的放松。

随后，一个平静的日子就很容易来临，尽管翠鸟（kingfisher）来到这里并不是为了孵育，它也不会待上一个月，但它那寓言一般虚构的天气却悄悄预先来临，让我们欢乐。它也许持续不到一天，3月疯狂，一如4月变幻无常，为了将它弄清楚，你需要早早开始着手。然后，即使你顶着暴风雪回家，至少也会短暂地瞥见那种阳光灿烂的柔和，在3月，它比任何其他月份都要亲切、可爱。

这个早晨，在那种日出前恰好最容易落到土地上的薄雾的平静中，整个林地似乎都在无拘无束地呼吸，在柔和的空气中传送。

蓝鸫到处唱着颂歌，就在几天前一只歌带鹀用歌声让我惊讶之处，如今已有十二只歌带鹀在牧草地的灌木丛中欢呼了。六只黑鹂飞过，尽管我在灰白的光芒中看不见这种鸟儿的红色肩饰，而且徒劳地等着聆听其他鸟儿都无法唱出来的那种悠扬的"空——奎尔——瑞"，我也通过它们那"查特——查克"的鸣叫来熟悉它们，这种鸣叫同样独特。

一群金翅雀（goldfinch）歇落在松林上，不停地鸣啭，暗示夏天的那种"波奇科里"飞翔声。可是，尽管那鸣啭立刻就变了调，但那也只是它们在整个冬天所做的事情。一种悠扬的音符开始进入其中，尽管我认为那声音并不太高，就像它们在6月的温暖使得整个鸟类世界合唱时的歌一样，但很快，这个群体中的几只鸟儿就把竞争之歌唱得十分美妙。在春天凉爽的空气中，这可是一种幸福、快乐的调子，因为它胜于春天的歌。蓝鸫和歌带鹀发出那样的声音，而金翅雀唱的则是夏天的歌，让人难以抗拒地想起6月的酷热和长满叶片的树木。那是一种温暖、得胜的合唱，它让太阳升到地平线之上，从表面上看起来是跳跃上去的。

在这早来的晨祷的所有欢乐中，我依然想念一种如今应该听见的鸟儿音符，那就是知更鸟的音符。在这里，知更鸟的数量相当可观，可是我还不曾听见一只知更鸟唱歌。我害怕知更鸟懒惰，然而，这也许正是它那实诚的本性——不想逼迫这个季节。不久之后，我们就会听到它足够长久地纵情歌唱了。

这样一个春天的早晨，是一年中搜索蛾子的最佳时节。此时，蛾子们依然在酣睡，躲藏在自己结成的茧里，而那些茧也躲藏在林地中，在冬天不容易看到。如今，那疯狂的三月风从灌木丛上扫掉了最后一片褐色的叶子，这样就容易看到挂在叶子上冬眠的蛾子了。你可以把它们带回家，挂在你觉得合适的地方，那么，当蛾子空闲，感到自己要从那舒适的睡袋中即时现身的时候，你就会在现场向它致意。

我总是发现天蚕蛾比其他蛾子的数量要多——也许这是因为我和蛾子都热爱同样的林地场所，那些地方是湖泊和溪流的边界，那里繁茂地生长着安息香（benzoin）和檫树（sassafras），或者是丘陵放牧地，到了5月，野樱桃在那里挂出白色的总状花序。它们自由地悬晃在风中，如同一片偶然被卷成简陋的圆柱体的残叶，寻找着整个世界。然而，蛾子躲在里面是安全而暖和的，它蜷曲在一件牢牢地粘附在树叶上的丝衣中。不仅如此，它还在这件丝织衣物中沿着叶柄一路向上延伸，让自己牢牢地依附在嫩枝上面。那曾经把灌木丛所有的叶片和碎片荡涤干净的狂风，如今再也没有力量从树上采摘最后一片叶子了。

如果你不去管它，它就会在那里挂上一两年，或许更久，蛾子出现之后，它就渐渐褪色成为柔和的灰白，但还是粘附在那里。这就是丝的极佳品质，可是，迄今为止尚未有人把那种丝成功地缠绕在轴上，或者对它进行梳理。这样，普罗米修斯蛾就逃脱了成为农场而不是牧草地的产物。这是一个好品种，悬挂在你的壁炉架上面的冬天摇篮里，其成虫硕大而美丽，深深的褐色和棕褐色渐渐柔和地变成那沾染着彩虹色的灰色，雄性的身体清晰地呈现出深深的褐色，色彩变化少于雌性。

塞克罗皮亚蛾是我们的另一种蚕蛾。它的茧并不难发现。在结茧的时候，塞克罗皮亚蛾并不是在下垂的叶子中蜷曲起来的，而是毫无保护地结茧，并恰好将茧的正面粘附到结实的嫩枝下面，有时甚至还会粘附到相当大的粗枝下面。如今，我有一只塞克罗皮亚蛾的茧，取自于一根粗壮、倾斜的桤木树干，是连同树皮一起剥下来的，然而，我所收集的这些茧，多半都依附在低矮的灌木纤细的嫩枝上。

然而，尽管塞克罗皮亚蛾没有在叶子中蜷曲起来，但它喜欢把冬天之家安置在周围的枯叶所坚持的地方。尽管通常的报道说它为数众多，但我却从来不曾发现它的数量有大型美国天蚕蛾那样丰富。也许，它隐藏在枯叶中的习性与此有关。在我的脑海中，它是我们最大的蛾子，其色彩之美仅次于另外两种蛾子。

其中的一种就是美国蚕蛾。这是一种奇妙的生物，它的体形几乎跟塞克罗皮亚蛾一样大，浑身都有一种柔和的、带有玫瑰色的棕褐色，也有灰色和白色斑点、柔和的灰紫色和粉红色镶边，还有边缘呈黄色的巨大的白色眼点，眉头为孔雀蓝，镶环为墨紫色。它的幼虫比成人的拇指还大，呈现出少许美丽、透明的绿色，侧边是鲜明的银白色，它以我们的大多数落叶树为食。

最幸运的是，我在栗树上发现了它们。去年秋天，我为了获取栗子而不停地敲打一棵栗树，结果把一些美国蚕蛾赶出了它们的居所，于是我将其中之一带回了家，放在一个笼子里，给它几片叶子，但它拒绝进食，然而大约在一天之后，它就开始在笼子的一角结茧，粘附在它上面的一片栗树叶上。难怪我们很少看见蛾子、毛虫或者茧了。幼虫生活在更高的树上，到了秋天便把自己裹进树叶，在地面上过冬，通常还被其他树叶遮蔽得丝毫不见踪影。于是，这种蛾子机警而敏捷，仅仅在夜间飞翔。

我想，月形天蚕蛾——那种美丽的、长尾的绿色月亮蛾，因为在6月下旬或7月夜幕降临前，有一种在林间空地飞来飞去的习性而更为著名。然而，在毛虫状态或在茧里面，它像美国蚕蛾一样难以发现，而且是因为相同的缘故。它也以胡桃木（walnut）和山胡桃木（hickory）为食，到了秋天，它就在地面的枯叶间编织那纸一般的茧。

对于我，月亮蛾呈现出最高类型的蛾子之美，让人非常值得去做的是，在树叶间久久地搜寻，找到这种蛾子或美国蚕蛾的茧，拥有美好的特权，即稍后亲眼看见这可爱的居民从茧中现身，展开仙女般的翅膀，高高地飞进春天柔和的黎明。这伟大得如同一种奇观：在某个仲夏的子夜进入仙人圈，在跟梅布（Mab）、蒂坦尼亚（Titania）、普克（Puck）和爱丽儿（Ariel）等众仙子说话之后，看见他们优美而迅速掠过上升的月亮表面，消失在紫色的黄昏里。美国蚕蛾和月形天蚕蛾、塞克罗皮亚蛾和大型美国天蚕蛾的世界，距离我们这个世界很远，而且充满那样奇异的传奇色彩。

在这些3月疯狂的日子，沿着池岸，你还会瞥见另一个世界，我敢说，那个世界忽视我们，就像我们忽视蛾子的世界。这个早晨，在初升的黎明的微暗中，湖泊犹如一面反射着天空阴影的黑色镜子。可是越过这面镜子，在靠近湖泊中央，划出了一道银色条纹，那是野鸭游动的路径。不久之后，我就听见了野鸭们的声音——一只黑鸭发出那种引起共鸣的呷呷声，还有公鸭发出的嘶哑的"普拉——阿——普、普——拉——阿——普"的声音。它们鸣叫之际，一小群潜鸭溅落到湖泊之中，就在它们为安顿下来而旋动的时候，它们身上露出了白色。这两种野鸭一起游动，似乎在相互查看对方，谁知道它们是否在使用自己的方式进行什么对话呢，然后它们就分道扬镳、各行其是。这并不适合黑鸭和巨头鹊鸭(bufflehead)聚会，尤其是在春天。当黑鸭和公鸭安详地游走，巨头鹊鸭就开始捕猎靠近水面游动的小银鲈，每当它们闪电般潜下去，都会发出溅落声，仿佛是石头扔进了水里。

正如在这里的马萨诸塞，很多人从生到死都不曾听说过美国蚕蛾或巨头鹊鸭，尽管在很多个微暗的薄暮，这两种动物可能从他们的头上飞过，成千上万只迁徙的野鸭每年就这样飞越我们的城市，但很多人几乎不了解它们的喧闹和匆忙，至于它们对艺术和神学的向往，人们更是一无所知，或者几乎不了解诗人的灵感和受压迫者的痛苦。对于它们而言，它们的世界很重要，我们的世界则是虚无，因此它们逃避我们的枪口——它们隐约地感到我们的枪口会伤害它们。

即使我们用书本、实验室，即使我们对天空下和大地上的所有事物进行协同一致的研究，我们也没有非常深入其他动物的生活。我说过，所有的蛾子依然在自己的茧里。也许，除了它们当中的一个。那是一个小小的褐色伙伴，一两个夜晚之前，在日落时分凉爽的空气中，它越过小溪飞过来，如今死在我的书桌上了。

我捉住了它，因为我想知道，在地面依然冻结、花蕾尚未迸发的时候，究竟是什么蛾子敢于这样现身。可是，我最好还是让它向前飞翔，去找到它自己的命运，因为在所有关于蛾子的书中，都没有提到这敢于展开脆弱的翅膀、冒险穿越霜冻之夜的褐色小生物。我认为，它并非不同寻常的品种。蛾子如此之多，因此在课本中，只有更重要的物种中最具特色的品种才可能受到注意。

回家的路上，我越过松林间的空地，遇见了一位老友，因此又有了一个其他生命所塑造的例证，而那些生命的智慧或能力完全超越了我们的认识。在我的观察力所能及之处，在一棵松树黝黑的树干上，栖息着春天的第一种蝴蝶——黄缘蛱蝶，它身着的丧服如此紧密地叠起，因此当它栖息在松树皮上的时候，看起来显得无形。当我靠近时，它就翻飞到空中，又飞翔而过，因为那边缘有柔和的蓝色斑点的黄褐色，它显得很美。

我是说它栖息在松树皮上，但我没看见它在那里。也许，它隐藏得如此巧妙，因而仿佛是树木张开而把它放了进去，然后就合上了。我几乎很快就会相信这样的事情，鳞翅类学者向我保证的事情很真实，那就是为了在早春最初的明亮的日子里不受伤害地现身，这种脆弱的生物经受了冬天五个月的零度大风，也经受了深深的积雪。这或许就像松树树干自愿把它隐藏起来，因为它能幸存下来，在一道石墙或一截空洞的树桩的某道缝隙中被冻僵。无论如何，它都与獐耳细辛和歌带鹀一起再次现身，尽管三月风和三月的野兔可能会再次疯狂，我们也有了春天已经临近的时刻。

第4章　林中路

Wood Roads

这些道路就像半个世纪以前那样，具有明确的标记。尽管如此，那就是这个地区令人着迷之所在。你像往常一样走在同一条路上，通过它，你就来到了某个陌生而奇异、前所未闻的愉快的花园。

午后灼热的太阳诱惑轻柔、灰白的春雾从所有的牧草地上升起来，在夜里的某些时候，这些雾霭意识到它们被遗弃了，便迷失在黑暗中。9点，年轻的月亮彬彬有礼地上了床，甚至把某一片蓬松的白云拉到它的鼻尖，那样它才不会受到诱惑而走向外面，去同那些可爱的、苍白的动物跳舞。

那时它们在跳舞，可是到后来，它们却在一起惊骇地颤抖，因为温和的群星闪耀的眼睛随着温柔的泪水而震颤起来，它们也消失了，撤退到北风在月亮出来之前吹来的黑色烟霾后面。从遥远的山顶上，风吹来一个光轮，让它在顶峰上铺展开来，那温和的春雾穿过它，就听见了世界末日的霹雳回响，北风自己的声音，是由那些撞击的浮冰构成的，它们从哈得孙湾①（Hudson's Bay）

---

①大西洋最北端的边缘海之一，深入北美大陆后形成海湾。

和北极圈流出来。然后那春雾就再次逃向陆地，但没有余力进入，相反，它们躺在那里死去了，用柔软的纯白色躯体覆盖着万物，厚约 1.25 厘米，因此我们在早晨展望的时候，还会说那里下过一场春季小雪。

遗憾的是，那些温和的、纯洁的灰蓝色春雾会死去，而即便在死亡中，它们也是美丽的，但那却是它们回家的方式。早晨，忏悔的太阳来临，把沉寂的白色春雾融化成温和的泪水——那在白天诞生的露水，悄悄流到下面的草根间，它们流过之际，把湿润的面颊贴近雏菊（daisy）和紫罗兰的花蕾，几乎把它们爱抚到绽放。再下几场春季小雪，它们就会绽放而出。在某处，很可能有一棵蒲公英（dandelion），某一棵坚定、粗糙然而存在的年轻蒲公英，在那种爱抚之下颤栗着进入黄色花期。3 月的最后一周，春季小雪和哄骗的太阳常常为这诚实、无畏的花创造出足够的夏天。

在热情的太阳爱抚之下，那安全回归大地的雾霭展现出温和的欢乐，还有它们的惧怕——对那仍在上层空气中隆隆吹过的北风的惧怕，但无论欢乐还是惧怕，在这样的日子很可能是初生的，因为你不得不走出门去感受它们，而它们不可避免地引导你离开公路上裸露的泥潭，越过牧草地，走进林中路。

在这样的日子，这些东西就有了一种属于自己的氛围。在这里，太阳的颤动如同 X 光的推进一样有效：它穿过衣服和肉体，骨头也无法抑制，直到它在骨髓中产生麻刺感，如今，一种火焰受到那些死去的雾霭的安慰和滋养，生机勃勃，从潮湿的腐殖质中向上发光。难怪林地里的东西变得活跃起来,在触摸之下再度生长!北风可能在高空嚎叫。在这里的树下,那从伊甸园吹出来的柔风触及你,你知道,那真实的大门就在弯曲的道路那边。

在那古老的磨坊废墟存在的地方,通往这些林中路最秘密而偏僻的乡野的路,始终引导我越过蓬卡波格溪(Ponkapog brook)。自从那座磨坊开始碾磨谷物以来,已经有75年了,在构建它的木材上,没有青苔覆盖的残余存留下来。通往老堤坝的大门消失已久,可是水并没有忘记它。每一年,春天的洪水都会把湖岸所能放弃的漂木冲下来,在这个地点阻挡自己的水道。水就像往昔一样,短暂地高涨。

这条小溪仿佛在进行一年一度纪念性的歌颂,歌颂那些消失已久的开拓者诚实的劳动。它持续一段时间,然后枯叶那黏合性的镣铐就失效了,黑色的洪水咆哮着穿越而过,奔向大海。两个月之后,如果你来到那最高水位触及之处,就会发现它也在可爱的记忆中种植花朵,水面上,虎耳草(saxifrage)和矮蓝紫罗兰(dwarf blue violet)散发着芳香,还探出了身子。在阵亡将士纪念日,我喜欢这样认为,这条溪流,至少在它流动的闲聊中,发出了旧时磨轮转动的那种叮当的回音;我还会认为,那来回跳舞的、反射的阳光梭子,就是旧磨轮被赞美的幽灵,在磨坊主及其邻居的记忆中再度旋转。

我在湖岸上走得更远,在标记着往昔冬天之冰的压力高潮的狭窄山脊上,总有一片干枯的冰碛,尽管穿过了沼泽地,我到达了那肯定是我们国家这一地区最古老的小径。在这里，有一条在诺曼人征服①之前就有人往来的小径，或者就此而言，是在恺撒②（Caesar）率领他得胜的军团进入高卢③（Gaul）之前。当最初的印第安人在湖泊周围来回走动、狩猎和捕鱼时，他们的脚在这里一点儿也没打湿，因为那时像现在一样，它是一条自然堤道。

今天，一个在湖泊周围初次寻路的陌生人，不会找不到它，在这个地区习以为常的林中漫游者，老老少少都熟悉它的每一个拐弯处。今天，在湿地和沼泽地之间，在春天迷人的阳光下，我发现了一场鸟类大聚会，鸟儿们多么喧闹，仿佛是妇女参政权论者以那种协调好了的宏大运动，沿着飞艇路线猛然飞扑到国会上面，正如电缆说它们具有威胁一样，在喧闹和咆哮最激烈地砸坏它那发聋振聩的墙壁之际，模仿那冲撞古老的耶利哥④（Jericho）的企图。

在这些鸟儿当中，黑鹂为数最多，就个体而言，它们最喧嚣，或多或少有100只，栖落在各处的树木和灌木丛中，其中只有少

---

① 始于1066年，由征服者威廉率领的诺曼人对英格兰的征服。
② 古罗马将军、政治家（公元前102—前44）。
③ 欧洲西部一古国，包括今天的意大利北部、法国、比利时、荷兰南部、德国南部、瑞士西部等。
④ 巴勒斯坦古城，临近死海西北岸，是扼守约旦河下游河谷的要塞，据《圣经·旧约》所述，它被约书亚征服并毁灭。

许停留在地面上,它们都在练习人们始终知道的黑鹂会发出的每一种鸣叫和歌声。幼鸟鸣叫时,发出它们在沼泽地边缘的巢穴中所听到的蛙类的各种刺耳的呱呱声,在浅滩上叮咚作响的温和的小溪发出的各种流动的悦耳音调,还有风在沼泽的空心芦苇中发出的笛音,它们都在自己的歌声里繁殖,在这骚动的集成曲中,混乱不堪。一两只知更鸟加入了歌唱,它们甚至为此而感到羞耻——尽管它们大规模地来到这里已经有好几周了,但这还是我在这一年初次听见这些落后者如此歌唱。

对于这一点,其原因似乎只是因为生活的欢乐。这只是庆祝春天来临的一场即席演奏的音乐会。我想,我以前从不曾注意到,在这样一场音乐会上,黑鹂会多么生机勃勃地使用自己的尾巴。所有黑色的长尾都在上下挥舞,仿佛成了给风箱充气的唧筒柄。这让我想起教堂的风琴台,唱诗班活跃起来时男孩的劳动,风琴师打开了一切,为继续演奏而合着踏板调子跳舞。

在这条小径的两边,树林应该是啄木鸟(woodpecker)的天堂,因为这里的树木都获准生长到老,而且从来不受干扰。在桦树和枫树桩里,扑翅䴕挖掘了一个又一个洞孔,有时它们会沿着一根树干探查,从上到下孜孜不倦地挖掘。绒啄木鸟也很活跃,而山雀(chickadee)在同一地区养育了很多窝毛茸茸的幼鸟。然而,随着扑翅䴕为了获得食物或庇护所而不得不在柔软的腐木上钻孔的所有机会,我还看见它们在酸果蔓的老房顶2.5厘米厚的木板上钻出了一个圆孔。这很可能是为了寻找庇护所,因为很多扑翅䴘都跟我们一起过冬,而在酸果蔓的房子阁楼上,有很大的空间,足以容纳整整一个扑翅䴘群落,但是,我有时会疑惑它们这样做是否还有别的原因。

正如河狸(beaver)和松鼠必须不断咬啮,通过咬啮来阻止牙齿长得太长,因此我有时认为,啄木鸟无论是否为了获取食物,它们都需要到处去进行大量的啄击,从而保持嘴喙的良好状态,否则就难以解释它们连续、频繁的练习。我曾经熟悉的一只扑翅䴘,它每次都习惯在建筑物顶上的铁皮通风机上面啄击半小时。我认为,它啄击是为了让嘴喙保持恰当的硬度,锻炼肌肉,因此当它在啄击一棵粗皮山胡桃树(shagbark),寻找一条等在心材中的2.5厘米长、肥胖的钻木虫时,碎木屑就会迅速飞走。

这低矮的冰碛具有湖泊的印花图案,有它无法追忆的小径,一直沿着湖泊北面向前延伸,美好地环绕巨大的沼泽地那朝岸的边缘。它带着你穿过塔尔伯特平原(Talbot plains),那里有棕褐色的平地朝着北方远远地连绵、延伸,似乎从大蓝山[①](Great Blue Hill)那悬垂的体积中突然退缩回去,然后小径重新通往高大的栎树林,稍后,歌莺雀将在那里最高的枝头上摇摆,用温和的颂歌来对庄严的拱门欢呼。不久之后,沼泽地就结束了,小径标注着香蒲(bulrush)、沼泽禾草、被囊状物所缚住的水闸门、去年夏天的贯叶泽兰(thoroughwort)混合的残骸、斑茎泽兰的

---

① 在美国马萨诸塞州。

分界线——这条分界线的一边,是水连翘,而另一边则是树林那略带淡红色的柔和的灰色。

太阳在这里炽热地攀升,清澈的水轻轻拍打在沙滩上,在那呈现出夏天所有外表的水草间低声吟唱。怪不得野鸭会久久地徘徊不去。湖泊挤满了野鸭——黑鸭和秋沙鸭,它们呷呷地叫着,来回发出啸声,有时候,它们以四十只为一群,同时飞上天空,根本不理会岸上的漫游者。这似乎是它们的狂欢节,也是岸上鸟儿的狂欢节。

就这样,我经由充满春天的生命的漫长的小径,来到林中路那迷人的国度。这里没有被开垦的牧草地,也没有古老的穴洞显示出开拓者小径。当第一个英国人来到科德角①（ Cape Cod ）的时候,它就是林地,到如今它还是林地。在它深处的某个地方,横斑林鸮在筑巢,我听见一只鹰劫掠遥远的山边时所发出的那种尖叫的赞歌。可是在极大程度上,这里有一种温和的沉寂,一种很适合孤寂的威严的安静。这是居于某些地方的往昔岁月的静息,在一定程度上,尽管这些地方确实受到了人类的劫掠,却从未被人类占有。在本卡蓬湖②东面的这个国度,驼鹿（ moose ）和熊逗留得最久。狐狸把它当作家园,也当作猎场,我发现它留下的踪迹依然温暖。在夏天,你应该小心翼翼地迈步,因为一条响尾蛇（ rattlesnake ）

---

①又称鳕鱼角,是美国马萨诸塞州南部的钩状半岛。
②在美国马萨诸塞州波士顿附近。

会偶然出现，在岩石间缓慢地拖曳它那长长的身子。在这里，人类曾经干得最多的事情就是猎杀动物和伐木。然而，斧子和猎枪的回音很快就寂静了下来，树木又重新生长起来，人类留下的唯一踪迹就是这些林中路。

在这个世界上，道路应该从一个地方通往另一个地方，可是，不用去怀疑如此明确的意图，它始终附属于林中路，除非你愿意说它们从单调的土地通往传奇性的国度。有时候，顺着它们前行，你就意外地来到公路上，然而更经常的是，你的运气更好，平原上的小径渐渐变得模糊，闪烁着，消失在虚无之中，也许你发现自己纠缠在一丛山毛榉（beech）中而找不到出路。你听得见幼树对你的困窘而窃窃嗤笑，可是在它们中间，你就是找不到引导你走出去的小径。

也许在你的整个未来，你都可能再也不会偶然遇到山毛榉树丛，因为林中路蜿蜒弯曲、相互交织，对所有的外来者都玩弄让人陌生的诡计。尤其是在这个地区，小片林地的所有者有时竟会丢失属于自己的林地，只有经过拖沓、延长的搜寻，才能发现它们的踪迹，因此要偶遇它们，更多的是靠意外而不是智慧。有时候，一条林中路纯粹地引导你环绕一座山丘，又狡黠地让你穿过密丛中的一个缝隙，悄悄让你重新落入它的怀抱。因此在你意识到这一点之前，你就可能已经围绕那座山丘环行了无数次，就像来到城市的陌生人，在建筑入口的十字形旋转门中不停地转动，而且继续旋转，直至获救。

除了你知道它会连续不断地穿过一个愉快之地，还知道伊甸园一定就在你的前面，你也无法辨别你挑选的最安静、最笔直的小径究竟会通往何方，把你引向何处。

然而，认真地说，很难理解这些道路怎样持续下去。在广大的区域，被砍倒的树林在三四十年后又重新生长起来，填补了森林中的缝隙，直到不留下一丝往昔的痕迹。然而，那些大车装载着树木，将其运往公路的道路，曾经尽可能直接地延伸，尽管它们失去了直接性，却似乎依然具有某种微妙的抵抗力量，凭借这种抵抗力量，植物并没有在它们上面蔓生。几年之后，它们仿佛乐于解除所有的责任，开始漫无目的地四处漫游，常常偶然相遇，又再次分离。

我从未见过装满木材的大车驶出来，然而，这些道路就像半个世纪以前那样，具有明确的标记。尽管如此，那就是这个地区令人着迷之所在。你像往常一样走在同一条路上，通过它，你就来到了某个陌生而奇异、前所未闻的愉快的花园。这就像《一千零一夜》里的乐趣一样——在那本书里，一个故事通往另一个故事，你向前漫步，前面总有新的高潮等着你。

在这个地区，你能发现圆砾岩大圆石，它们硕大得如同住宅，矗立在孤独的尊严中，而在这些大圆石之外，你看得见那些能工巧匠留下的痕迹：它们为了给这些森林树木提供养分而制造土壤。这里会有一团圆圆的黄灰色地衣，也许是菊叶梅衣，安闲地依附在燧石最光滑的表面，在那像是李子的小圆石和那构成圆砾岩躯体的板岩之间,把它那精微的假根插进最小的缝隙。

在这大圆石的另一部分,你可以发现倾斜的表面,梅衣的工作在那里已经完成了。它那微小的根部器官融化和分裂掉足够多的板岩,以便松开一些小圆石,让它们沙砾般地落到地面,留下洼地,让露水和死去的地衣在其中为柔软的青苔垫的根制造土壤。在这里,一些大圆石如同西部孤零零的山丘,密密麻麻地住满了这些艰苦卓绝的崖居者,甚至就在你几乎认为地衣不会幸存之处,这些多足的岩石热爱者也找到了自己的立足点。

我从未踏上这些道路,有时它们似乎是地精,在夜里为了迷惑人类而四处移动——至少暂时是这样,在洼地中找到一块新的大圆石,进行顶礼膜拜。我曾经就这样迷失过,当时我发现了一个宝石般的小湖,它就隐藏在本卡蓬湖东面大约800米之处。我也害怕地精在夜里四处移动,因为我听说很多人曾经找到了那个小湖,却又丢失了,重新徒劳地搜寻它。

今天我再度偶然遇到了它——森林手窝中一个杯子,盛满了清澈之水,对着天空露出了微笑,没有入口,也没有出口。黑鸭也发现了它,它们用惊慌的呷呷声来迎接我临近的脚步,就在那16只黑鸭发出众多的水花声而沉重地升上天空,飞向大湖之前,我几乎还没来得及绕行岸上的灌木丛。

即使是在那些黑鸭的惊骇中,我也注意到了它们像方舟里的动物一样走出来,成双成对——我开始微笑,因为这是春天来临的又一个预兆,今天,我初次注意到了乌鸦也成双成对。几只黑鸭在这附近孵育后代，小湖边，一片浅浅的岸边一路长满了密集的风箱树，浓密得就像西印度群岛沼泽地的红树林（mangrove），成双成对的鸟儿正在寻找家园，可能在考虑以这些树木为家。一棵山月桂（mountain laurel）的叶片提供了湖岸唯一的庇荫处，我坐在那棵树下，静悄悄地观察了差不多半小时之久。随后，飞行的翅膀发出的柔和的嗖嗖声就响了起来，一对黑鸭轻轻落入湖中，几乎听不见它们入水的声音。然而，很多东西几乎都看不见。它们仅仅栖息着，根据镇上传来的钟声来判断，它们在静止的水中又被映照了半小时，相互爱慕地凝视对方的眼睛，然后紧紧依偎在一起，从风箱树中间游进来。仅此而已。那是一阵阵真正沉默的聚会和求爱交欢，可是再过一个月，我将同样在红树林般的风箱树中间寻找巢穴，我希望地精不会混淆林中路，也不会如此彻底地隐藏湖泊，唯有那样，我才可能找到我所希望发现的巢穴。

第 5 章　四月的小溪

The Brook in Aprtil

4月，胭脂鱼就出现了，它们从溪流下游的另一个湖泊出发，迎着洪水游上来产卵。这些大家伙都很强健、柔软、边缘闪烁，在一年中的这个时候，它们几乎美丽而又机警得如同鲑鱼，有时重达两三公斤。

这个湖泊长约 1.6 公里，但很浅，它那平坦的底部曾经是一片泥炭草地，湖水溶解了这样一些泥炭，因此略略呈现出一种美好的琥珀色。这些泥炭藓(sphagnum)仿佛在沼泽中形成了很长时间，死了，因而把它那保留下来的黑色水平面赋予这个湖泊，这些泥炭藓大量保存着浓郁的酒红色，将它们同铁杉（hemlock）心材的黄色和死去的沼泽禾草那柔和的棕褐色混合起来——那些禾草就躺在湖底，死了，全都穿着黑色丧服。

厚冰下面，我不知道湖水通过何种神秘的炼金术，在冬天的等待中混合了这种紫色，那闪烁在透明深处的紫色，然而，春天的阳光总是把它显露出来，把一道道光线射进那颤抖的浅水处，还把那在古老的堤坝闸门下变得蓬松的泡沫结成奶油状，流向大海。

这闸门总是要升高一点儿，溪流才绝不会衰落下去。春天，它那满溢的洪水淹没了草甸，咆哮着流下微型的岩石峡谷，一路唱着咆哮、抚慰的摇篮曲，在一个4月的夜晚，你能听见它就在你的窗前低吟，当然，它会唱到你沉沉睡去为止。到了夏天，闸门管理员就出现了，他把闸门稍稍放下去，排泄溪流，那小溪发出口齿不清的声音，穿过小小的峡谷而潺潺流动，从一个布满岩石的湖泊悄悄流淌到另一个湖泊。

4月，胭脂鱼就出现了，它们从溪流下游的另一个湖泊出发，迎着洪水游上来产卵。这些大家伙都很强健、柔软、边缘闪烁，在一年中的这个时候，它们几乎美丽而又机警得如同鲑鱼（salmon），有时重达两三公斤。同样的陶醉使得洪水泛起泡沫、跳舞又叫喊，从一片草甸翻滚到陡坡下面，前往另一片草甸，似乎在胭脂鱼的血管中激动得颤抖，赋予它们力量去穿过颤栗的急流，开辟出一条箭矢飞翔之路，以欢跃、敏捷的动作跳到瀑布上面，对于这种在仲夏时行动如此缓慢的鱼，这种在湖底迟钝的鱼，那样敏捷的动作似乎很神奇。

湖水常年酝酿着，可是在微暗的动物的血液中，让这种敏捷动作的奇迹发挥作用的，正是春天的干旱。冬天的鱼类，如同某些阴沉且一动不动地坐在货摊上的英国中产阶级。只有当作为酒吧酒保的春天汲取淡色啤酒，作为酒吧女招待的一条条小溪端着泛着泡沫的大杯，快乐地翩翩走下来时，我们才知道它们可能有多么快活，多么敏捷、灵巧。因此，这些胭脂鱼突然醒来，进行大量的活动，在泛起泡沫的急流中游动，像闪耀的鲑鱼跃上小小的瀑布，而且还群集在堤坝下面。

有几年，在最恰当的时候，闸门管理员就显现出了善良的本能，一个星期六下午，他当着很多男孩的面儿，走过来关上闸门，而那些男孩的血管里也泛起春天狂喜的泡沫。随后，胭脂鱼确实遭遇了低水位的滑铁卢。在变浅的水流中，它们顺着小溪逃逸下去，在所能找到庇护的任何地方，它们都会寻找更深的池潭，躲藏在水流磨损的窟窿中的石头下面。

有一种粗制的器具，原本是本地铁匠打造的一种熟悉的产品，以"胭脂鱼矛"而闻名。这种器具由两块弃置不用的马蹄铁构成，其中一块被拉直，焊接在另一块弯曲处的中部。这就像是在模仿海神的三叉戟，3个齿尖起码有1.25厘米宽，上面通常都有锋利的刃口，把它装在一根长杆上面，这种器具就制作完成了，拥有它，一个男孩就成为进行报复的海神，控制小溪的浅水处。因为大人们教过男孩，这就是捕鱼的方式，因此他们懂得用这些器具来"刺"胭脂鱼。一个身手敏捷的少年可以把这种死神之矛投进水中，把一条重约2.5公斤的鱼刺成血淋淋的两段，再把那柔软的、颤抖的残余部分叉起来，放到岸上。

即使那捕鱼的男孩因为这种血腥的征服而快乐地大声叫喊，他也知道这并不是娱乐消遣。其实，捕猎胭脂鱼还有更好的方式，而他一旦学会了这种方式，就会展现出真正的捕鱼爱好者的高尚格调，自动抛弃铁匠粗制的那种器具。真正的捕鱼者会让男孩和鱼比赛，让他每次感到自己赢了的时候都会浑身颤抖。这种游戏相同于伟大的约翰·里德①（John Ridd）的那种游戏——他从他在英国西部沼泽地的原始祖先那里学会的游戏，并以此为手段，到结冰的溪流中把鳟鱼逗出来，引到那被施了魔法的山谷——那里居住着大量逃逸者，还有洛娜·杜恩②（Lorna Doone）。

你光着腿和臂膀，涉入冰冷的水中，让细长的双手在水底的大石头下轻轻滑过，在那下面的任何地方，只要有缝隙，鱼都可能钻进去。如果你具有必备而细致的触觉，那么经验很快就会告诉你，你在充满水的黑暗洞穴中摸到了什么。这可能仅仅是掠过手指的水流所玩弄的美好游戏，所有的敏感和期待似乎都集中在那里面。奇妙的是，在那些东西可能咬你的地方，当你的指尖触摸到某种你看不见的东西，灵魂就何等地拥挤起来，流向你的指尖。

那里可能有一只乌龟，如果是那样的话，你就不得不把手缩回来。那里也可能有一条鳗鱼，你无须介意，因为鳗鱼会照顾自己。与你所能抓住的颤抖的水流相比，你再也无法抓住它了。习惯上，你会期待水蛇（water-snake），这里面有一种美好的愉悦，涉及那种期待激发出与凡人相差无几的恐惧。俄耳甫斯③，寻找死去的欧律狄刻④，肯定就怀着某种如此的感情，在下行的路上拐过角落。

---

① 英国作家理查德·布拉克莫尔于1869年出版的小说《洛娜·杜恩》中的男主人公。
②《洛娜·杜恩》中的女主人公。
③④ 传说中，色雷斯诗人和音乐家俄尔甫斯才能出众，他的音乐力量甚至可以让顽石点头、草木俯首。他深入冥府，差一点儿就把他死去的妻子欧律狄刻从地狱中救出，但最终功败垂成。

也许，这是因为那种恐惧没有理由，被如此神化了。水蛇在感觉中没有基础，纯属一种具有更美好的想象的动物。要是万一水蛇可能在那里，它也无害。可是没有这种机会，因为在一年中胭脂鱼来临的时节，水蛇还沉睡在冬天的梦中，藏在岸上某条岩缝里面，躲避洪水和霜降的侵袭。

要是你粗野地刺戳，这种大鱼就会逃逸，急速游到另一个藏身之处。可是，如果你足够聪明和小心，就会感觉到有什么东西在水流中摇摆，如同羽毛掸子柔软的触动，轻轻抚摸你的手指。这就是那个大家伙的尾巴，你很快就会进一步了解情况，可是很难把它抓住。一条这样的大鱼的力量强劲得令人难以置信。无论如何，你都要在这里把它紧紧握住，它会如此猛烈而迅疾地左右摇摆，因此在你能把它从水中逮出来之前，它会在你的把握之下不断地翻腾。

那并不是捕猎胭脂鱼的方式。相反，你应该把手从它的尾巴巧妙地滑向它的脑袋：此时，水很可能淹过你卷起的衣袖，也许你还需要把肩头甚至脑袋浸在水中，努力地抵达足够远的地方。

低估了普卢托尼亚水蛇（Plutonian water-snake），你就会发现这只是对这种游戏投入热情而已。确实，到完全结束的时候，你是否知道这样的情况发生过，是令人怀疑的。你的手掌小心翼翼地沿着背鳍滑动，继续摸索，直到你摸到那轻轻摆动的胸鳍，随后，你突然把拇指和另一根指头紧紧插入它的鳃，就像铁腕穿过天鹅绒那样，随着强有力的摆动，把你抓住的那条鱼从其藏身的岩石下拉起来，高高地猛掷到岸上。

在这种捕鱼游戏中，有一种难以言说的欢乐，你在其他游戏中都无法获得那样的欢乐。如果乐园的河流中有鱼，那么亚当就会以这种方式把它们捕捉给夏娃。我始终感到遗憾的是，在大个子约翰·里德沿着通往杜恩山谷（Doone Valley）的小溪前行的路上，他只发现了极小的鳟鱼。他真的应该到我们4月的小溪里来捕捉这些胭脂鱼。

今天，沿着溪流而行，我注意到褪色柳呈现出一派珍珠色的春天盛装，桤木从张开的雄蕊上摇荡，撒下黄色粉尘，早在春天的鱼儿常常游弋的时候，我经过波塞（Bose）和我相遇的那个地点。如果波塞能够证实的话，它当然会证实这一点，可不幸的是，在某种程度上，波塞死了，差不多可以成为精神和想象的狗。它的骨头被体面地埋在巨大的栎树下，曾几何时，它喜欢坐在那棵树下，脑子里想着狐狸，而我无法确定它是否还在想些别的什么事情。如果有猎物的灵魂逃逸令它愉快的猎场，那么我就能保证波塞是一群猎犬的头领。它是一只纯血统的猎狐犬，胸部很厚实，声音很悦耳，耳朵下垂。它还认不清狐狸和交趾支那鸡。它频频狩猎，可是很少真的去进行追踪。它的鼻子适合于想象。

有一年4月的第一天，我们一起出门，波塞闻了闻空气，便抬起头，悦耳地吠叫了起来，接着就跑进了牧草地，我紧随其后，我们俩对任何冒险的事情都很有经验。空气中有一丝春天的气息，但我确实还并不那么确定，可是这只狗出发去寻觅的，是那身披绿袍、头戴紫罗兰花冠的女神。如果是这样，那么我就更乐于遵从，因为在我们的镇子里，冬天似乎很漫长。我们知道太阳神在一路向北追逐达芙妮①（Daphne）。在对柳树嫩枝和獐耳细辛羞怯的花朵的向往中，我们有了她的迹象。如果她已经躲藏在牧草地某个阳光明媚、隐蔽的角落，那么波塞就可能会去追逐它，就像追逐其他景象一样。

3月如同羊羔一样出来了，拖曳着剪过的雾霭的羊毛——早晨的太阳带着蛋白石火焰色彩的雾霭，过了一会儿，那火焰就熄灭了，留下浅蓝色的灰烬，涂抹在山谷中，又柔和地吹到遥远的山丘上。空中弥漫着那些伴随女神来临的新生希望的迷人之美，当我发现波塞笨拙地疾驰，在牧草地长满伏牛花的山坡上到处搜索之际，我就想同它一起吠叫。

它第一次跳进去，就引着我突然掉进了仙境，由于去年的褐色树叶随着棕色的足迹沙沙作响，我及时赶来，却看见一个肥胖的地精向前滚动，弓起肩头，在那只狗骚乱的攻击面前轻轻摇动，发出笑声，在地洞口转身，露出那热情之颚中的牙齿而微笑，而在那些牙齿咔嗒作响的时候，它就消失在稀薄的空气中。这是一只花白旱獭？依照它的种类来辨别，庄稼汉会这样称呼它。依照波塞的那种猎狐犬之梦，它很可能知道那是一只狐狸，至少是一只银灰色的狐狸。我知道，春天迷人的美遍布林地，也知道这是

---

① 希腊神话中为逃避太阳神阿波罗的追求而变成月桂树的女神。

一个肚子圆滚滚的地精,那些埋藏的财宝的守护神,在4月的一天出来嬉戏,跟狗作乐片刻之后,才极不情愿地回到自己的岗位上。

至于那微棕色,它们是预兆,更确切地说,是春天的先驱,是领跑者。当它们在灌木林中到处热切地劳动,传递女神随时可能到达且现在该为她的来临而打扮的话语,我就能看见它们黑色的小眼睛和小丑般突出的鼻子。它们时而对末端的花蕾,时而对旁侧的花蕾低语这句话,然而,它们多半把自己棕色的脑袋垂放在叶片中间,把消息传递给鳞茎和球茎,传递给块茎和根茎。我能听见它们到处呼唤"茨普,茨普"——一种奇怪的小精灵的调子,不久,其中之一就会无赖似的翻筋斗,就这样把自己哄骗到下一个向北的小树丛。

它们是忙碌的棕色小精灵——这些侏儒穿着红褐色和棕色的羽衣,因此与它们置身其中而劳动的枯叶如此和谐,除非它们移动,否则很难看见它们的身影。我敢说,局限于其所认识的文字的鸟类学家,会给这些狐色带鸫命名。然而,即便是这些鸟类学家也可能犹豫,遗忘了它们的字面意义,在那个弥漫着蓝色雾霭的早晨,注视着新生的4月微笑的面庞,跟着波塞一起出来追寻春天。

那时,波塞很像是棕色小精灵,消失不见了。尽管到处都有预兆,但它似乎失去了追踪的猎物,而我的嗅觉也不够灵敏。为了祝贺她的来临,枫树嫩枝装饰着红色和黄色的圆花饰,桦树嫩枝跟枫树嫩枝一起变成了红色,那曾经灰白的林地,现在完完全全呈现出泄密的色彩。在一片开阔的、多沙的山坡上,委陵菜(cinquefoil)

的蓓蕾正开始向上卷曲,在紫罗兰的叶片中心,有微弱的蓝色暗示,让你想起昏昏欲睡的孩子——它们正对着早晨的希望微微睁开一只眼睛。

在这里,我也捕捉到了一种美好得缥缈的微弱芳香,它似乎突然朝着我的感官飘浮而来,仿佛它从南方吹拂到了树端上面。从小溪的上游,传来流水的潺潺声,如同优美的笑语。如果我听见丝绸外衣的窸窣声朝这些东西所来的方向飘去,我也不会受惊。我热情地转身,追踪它们引导我前往之处。

很快,我又听见了波塞在我身后八百来米之处吠叫,它也捕捉到了踪迹。它热切地吠叫,几分钟之后就奔驰而过,在它的咆哮中,突然插入了狗发出的那种雄辩的呜咽,以及随之而来的某种奇异的邀请方式。

就这样,它沿着牧草地前行。叶芽不曾开放,尽管很多叶芽已经张开了口,准备好随着那穿过嫩枝而悸动、增强了色彩的新生命的脉动而迸发出来。伞房花越橘丛和野菝葜因为它而更显翠绿,正如枫树和桦树显得更红。把你的耳朵贴到树皮上,你就可以听见树液在新生组织层中轻轻拍击的声音,把那一会儿之后传来的蜜蜂低沉的嗡嗡声练习了一秒。仙女般美好的芳香依然诱惑着我,我能听见波塞的声音,它就在前面,热切得语无伦次。如果你不了解它的幻觉,当然就会认为它咬住了一只狐狸,而且还在摇动那只狐狸。

在一个阳光灿烂的山坡下面,仙女的气味裹着那迸发的桦树花蕾透明的灰绿色长袍，把我引到岸上的一个小凉亭，片刻间，我看见了仙女本人就站在那里，玫瑰色的石竹，亭亭玉立，一袭桦树花蕾颜色的衣袍，微微闪烁着吸入她周围的薄纱的桤木花粉的黄色。在她的脚下，那似银的褐色的奇异小精灵奇怪地雀跃着跳舞，同时在水岸后，我听见波塞溅落到浅水中的声音，还有激动而陶醉的狂热嚎叫，每次都伴随着笨拙的小精灵从下面翻筋斗上来，加入这场舞蹈的另一种声音。这个仙境和小精灵的镇子，实际上是在一起庆祝春天的来临！

　　片刻间，我迷惑地踏在这片领域的门槛上，然后蹒跚着，用匆忙的惊叹破除符咒。迷惑人的魔法像梦一般地烟消云散。我站在小溪畔，再度看见的仅仅是这日常的世界。然而，这是一种足够奇异的视觉了。在上面的堤坝，闸门突然关闭了，12条重约1.5公斤的鱼，在游向产卵地的路上不幸搁浅在浅水中，孤立无援。波塞见状兴奋不已，它摇动这些鱼，把它们抛到岸上，在岸上，这些笨拙的出水之鱼惊慌地跳动。这些鱼就是跳舞的小精灵。对于达芙妮，我也错得不那么多。她就伫立在那里，亭亭玉立，仅仅是在遭到老阿波罗追逐的时候，变成了一丛灌木。她伫立在那里，老一辈植物学家的欧亚瑞香，群集的粉红色花朵散发出微弱而美妙的气味，那气味沿着牧草地如此遥远地飘向波塞和我，从而让我们追逐幻景。

　　无可否认，这就是4月1日！可是玩笑并非完全是对我们开的，因为波塞只有一次找到了真实的猎物，虽然像这种猎狐犬以前从来不曾狩过猎，我也发现了春天。两只蓝鸽在柳树间寻找居所，为了证实春天的来临而唱起颂歌，阿波罗自己则穿过桦树嫩枝灰白的雾霭而闪耀，狂喜地亲吻着达芙妮。

达芙妮多么美妙，因此我没有责备阿波罗。至于波塞，它竟然走上前来，舔着那害羞的嫩枝，然后因为突然陷入如此伤感的行为而混乱不堪，匆忙地完成了对更多幻景虚假的追踪，把我留下来拯救它抛上岸的那些雀跃的小精灵，把它们放回到跟它们与生俱来的水里。

第 6 章　乡野探索记

Explorations

它始终都是一层薄薄的水，本身自给自足而又源源不断，我想是它的水源来自其表面下汩汩的泉水。我曾经上百次划船经过，踏上这两条小溪的出口，却从不知道湖泊在我经过时为何始终露着微笑、泛起酒窝。

今天,由于对本卡蓬湖的水源有了新的发现,我迫使自己想起查尔斯·狄更斯的《匹克威克外传》中的塞缪尔·匹克威克[①](Samuel Pickwick)先生,匹克威克俱乐部如此热情地接受了他的论文《对汉普斯特德湖泊水源的推测》。对于我,这些发现令人相当震惊,无异于匹克威克俱乐部对汉普斯特德湖泊的水源的揭示感到震惊,正如那些将匹克威克先生及其朋友送上新旅程的发现,我的发现也不例外,最终引导我走向一片迄今为止未被发现的乡野。

尽管我们的人口不断增长,商业活动不断推进、发展,在马萨诸塞州东部,还是有一部分镇子被遗忘了。这些镇子常常是一片片辽阔的土地,人迹罕至,荒野上的动物漫游、捕食、繁殖又死去,

---

① 英国作家查尔斯·狄更斯的小说《匹克威克外传》中的主人公。

不曾遭到人类文明的打扰。在早晨、中午和傍晚,那些动物可能听到工厂汽笛的呜呜声,或者听见遥远的火车咆哮时隐隐传来的回声,然而它们却并没注意。

野生动物的世界是荒野,它们的问题是跟它们的森林邻居生活在一起的问题。人类几乎没有进入它们所安排的生活。尽管不经意间路过的人绝不会怀疑,在往昔,其中偶尔也有一片辽阔的土地与人类息息相关。荒野朝着人类的踪迹而快乐地扩展,人类的纪念碑必须建造得很高、很结实,否则随着荒野令人吃惊的推进速度,它们就会被扫走。

我们凭借永久的努力来抓紧我们的地标。其间,雨水会冲刷到木瓦之间,而且从屋顶开始,把你的房子扫进地窖,你还没有意识到,那里就长满了大量的褐色霉菌。然后,在它上面,霜降和太阳又让地窖的墙向内倾斜,在你骄傲的居所曾经矗立之处,如今变成了一片杂草丛生的洼地。今天这一代人绊倒在那曾经是祖先塔楼的拱顶石上,还认为它不过是大地突出的肋骨,它就是那样的东西,它回归那样的东西。

我想象,在马萨诸塞州,每个古镇都拥有这样的树林覆盖的地方,这些林地曾经是早期定居者满怀希望的空旷地。在深深的树林中,只有那些属于原始森林的动物偶尔在漫游,它们似乎对土地拥有终身所有权,我发现一种外来生物在较为久远的岁月迷途,而那是树林的隐士和我们这个时代的隐士。我知道,一丛紫丁香(purple lilac)就这样安详地存在着,远离现在的人类居住地很多公里，它位于一片灌木丛中，而在 50 年前，那片灌木林还是一片其中矗立着教堂的松林。只有久久搜寻，褐色的泥土才会对我显露那片隐约的洼地——那曾经是一座小房子狭窄的地窖。在那里，没有留下早期居住者的记录，只有满怀希望的家庭主妇亲手种植的那丛丁香。

一个多世纪以来，这片丁香丛都占据了其开拓者的同伴将其种植下来的地面，紧紧地保持在它那略带粉红色的心材对英国小巷的回忆中，而那些小巷因为山楂树发白，在这些植物那边，对于散发着玫瑰芳香的波斯花园的回忆，是它这个种族的家园。也许它那古老的根，还搁放过欧玛尔·海亚姆[1]（Omar Khayyam）的脚，当时他曾这样写道：

哦，萨基，那时你像月光
来回于星散在草地上的宾客间，
欣然来到我曾经坐过的地方
倒下杯中酒，为我祭奠。

从同一根植物主干上萌发出来了花朵，也许在那些花朵散发的芳香中，在某个 5 月的早晨，老克伦威尔[2]（Cromwell）和他的

---

[1] 波斯诗人、数学家、天文学家、医学家和哲学家（1048—1131）。
[2] 17 世纪英国资产阶级革命的领袖（1599—1658）。

铁甲军驻足停下，深深地呼吸，唱起傲慢的圣歌。我们是从根部而不是从种子来繁殖丁香，相同的植物体液穿过现在的丁香流淌了一千年。在纠缠的林地中，丁香的一阵芳香会萦绕到下一个月，我们走出荒野，从一个古老的花园前往另一个古老的花园，通过好多个世纪，回到一个消失已久的世界，前往那个世界中令人愉快之处。

对于很多新英格兰的孩子，丁香的气味会引发乡愁，而他们还不知道个中缘由。这是因为丁香的气味就是消失的家园在 5 月散发出来的气味，不仅是普利茅斯①（Plymouth）的迈尔斯（Myles）和普里西拉（Priscilla）的气味，还是在他们出生之前，他们自己世系中一千代人的气味。

今天发现的林地并非如此。我不相信开拓者曾经在林地深处用石头修建地窖，如果印第安人将圆锥形帐篷搭建在这里，也不过是短暂而为之。偶尔，人类掠夺的手砍掉了林地中更大的植物，让阳光照射下来，照耀在植物根部，那些不定芽才可能抓住机会，更新颖、更强劲的树干最终才可能向上高耸起来，但那些给林地上叶锈的霉菌投下斑纹的阴影，并没有传递人类统治的梦。

斧子和猎枪带来的烦恼，甚至还有火焰带来的灼热的伤疤，只是树林伟大的构造中的次要事件，没有人了解它的终极意图。我们看见一块块岩石碎裂、分解，让洼地充满更加肥沃的土壤，

---

① 美国马萨诸塞州东南一城镇，濒临普利茅斯湾。

因此森林可以长得更高，更安全地遮蔽大地上那些更温和的东西。我们发现它把水阻止在它精心而巧妙地设计的沼泽之中，把药用植物隐藏在它的洼地里面，在它的叶片中始终带着祝福，等着去安慰疲倦的人们，但是，我们感到自己最了解树林的时候——这些也是它偶然的好处，它那伟大的意图就隐藏得更深，我们越是寻找它，我们就越是了解自己的存在。

伟人出自于大地上的森林。如果他们不是诞生于那里，那么就是他们在变得伟大之前探寻过那里。林肯（Lincoln）把木头劈砍成围栏，华盛顿（Washington）进行测量和侦查，而罗斯福（Roosevelt）则在西部的荒野中开办大牧场。也许正是因为这些人以及相似的人的存在，树林才会存在。领导十字军的人，始终是隐士彼得①（Peter the Hermit），在他的眼里，没有十字军，世界就是一个贫穷、可怜之地。看来，我们所有的先知似乎都必须在荒野中至少挣扎40天，才会在白色的眉毛上带着不朽的标志而涌现出来。

那道水源位于湖泊的东南角，始于小小的沼泽，它从这些小沼泽中骤然出现。在沼泽沿岸，野餐者整个夏天都会划着小船捕鱼、享用三明治。到了秋天，在内陆30~60厘米之处，野鸭猎人极不稳定地踏着颤抖的表面前行，他的目光紧盯着水边，或许紧盯着那些在开阔的湖面上游弋的野鸭，但很少有人能够穿越这片泥

---

①法国亚眠的修道士、十字军战士，第一次十字军东征时的关键人物。

沼覆盖的沼泽，它那颤抖的边缘后面生长着巨大的雪松的沼泽。

这样的情况很奇异。其实，所有人的心中都会产生探索的激情。平常，我们被鼓动前往西藏，要不就去探索尼罗河的源头，要不就去穿越位于亚马孙河与奥里诺科河①(the Orinoco)之间的丛林。我自己就强烈地感受到了这样的冲动，对遥远的土地充满了渴望，不经意间就传递出这种即将来临的机会，前去穿越一片杳无人迹的荒野。对于我们大多数人来说，那未被发现的乡野距离我们平常行走的道路仅仅一步之遥。因此，今天我越过起伏的沼泽而行船，进入雪松下面那片微明的绿意之中，就像哥伦布那样，从一片已知的海洋冒险进入一片未知的海洋，从那里前往一个新世界——在那个世界，笔直挺拔、没有枝条的雪松树干就像神庙的圆柱一样，耸立在一片细枝和叶片构成的灰绿色屋顶下。

在这里，所有的上部色调均为灰色和绿色，因为这是苔藓和地衣的世界。它们铺满地面，在那些神庙圆柱般的树干上，如此覆盖着阿拉伯式花饰图案和浅浮雕，如此优美地覆盖着壁画和雕刻，以至于这里看起来仿佛是展现各类设计的博物馆，用来美化那些曾经发生和出现的内部事物。由于所有树干都呈现出灰色和绿色，直到树皮的质地和色彩几乎难以辨识，因此这座神庙的地面铺盖物及其器具都呈现出了褐色和绿色。细细的阳光到处滤下来，呈

---

①南美洲北部的一条大河，长度超过2414公里，其一部分沿着哥伦比亚—委内瑞拉边界流入大西洋。

现出略带绿色的金色，直到从整体上赋予此处水下的氛围——你四处走动，犹如潜水者在海底行走一般，四面八方都漂浮着新颖、奇异之物。

我们很容易忽略普通林地中的苔藓，往往对其视而不见。其实，它们装饰了岩石、树木、枯死的树桩和泥土，具有如此美好却并不显眼的品位，让我们归来之后还能继续感受林地之美，却根本不知道究竟是什么东西创造了那种美。某个围栏角落，或树木群，或灌木群，或一截树桩，都用自身之美感动了我们，它们如此美妙地披着苔藓的衣服，以至于我们根本就不曾看见它们，却带着岩石或树桩那种看起来多么美妙的回忆而走开，我们无法辨别它们身上穿的究竟是格子花呢披肩，还是格子布外衣，或者仅仅是平纹织物。

尽管如此，在这片沼泽中，仿佛整个林地的衣橱里都挂满了衣服，等待检阅，这是展现形形色色的木质衣物的复活节开幕式。在这里，在高高的柱子的拱门中，须松萝从雪松枝条上拖曳着它那老人般的大胡子，它的那种下垂很柔软，展现出了精致的挂毯的效果。依附性地衣，那些藻类细胞和温柔多情的真菌精美地结合，从上到下涂绘着树干向北的一面，而与此同时，更为自由生长的须边或斑纹，则涂绘着树干向南的一面。梅花衣属向北，冰岛衣属和牛皮叶属向南，对于漫游者，这可能是良好的向导，让他能够辨明罗盘上的方位，因而引导他再度踏上自己的小径。

脚下，泥炭藓构筑其泥沼，占据了主导地位，但是，其他常见的苔藓种类却阻止脚步落在它们身上。这里有尖叶油藓,其尖尖的叶片使得这丛生的植物看起来就像是一束尖瓣的菊花,绿色和紫色渐渐柔和地融合起来,露出了一种跟这种植物更干燥、更发黄的部分纯粹的对比。在这里,还不乏火绒草(edelweiss),它就像一丛丛松散地簇拥的蓝绿色杉叶石松,此外还有粗壮结实的大羽藓。

所有这些苔藓,从位于立足之处最潮湿部分的残骸中长出来。在这种多彩、可爱的地毯上,哪里有枯死的雪松树干,哪里就有优美的金鱼藻到处爬行,用它那精美的、蕨类植物般的叶片占据了空间,使得整整一根丑陋的腐木变成了最可爱的陈设——这些庄严、微明的空间里面可以想象的陈设。白发藓展开蓝绿色的天鹅绒一般的厚垫,到处铺展在地面上,坐在其中的一块软垫上,我会穷尽才智去观察,尽管它们生长在我的四周,但我也只是初次注意到一种实际上我以前从未见过的苔藓——提灯藓属。

这种苔藓精美、半透明的绿叶,乍一看有点儿像苔藓的叶片。你宁可认为它是湿润的沼泽中某种稀有而精致的开花植物,现在只不过萌发出了精美的叶片,稍后就会开花。我敢说,扇叶提灯藓是一种常见的泥沼苔藓。在它跟随深深树林中某些更艳丽的花朵绽放之前,我很有可能把它无情地踩在了脚下,但为了这样去发现它,初次探索一片新沼泽,让我愉快不已,我在奥里诺科河源头发现一种隐藏的新兰花时,我所感到的愉快也莫过于此。

正是泥炭藓引导我前往小溪畔,引导我想起那个精力充沛的科学家匹克威克先生,想起他在汉普斯特德湖泊源头的发现。当我伫立着感到惊诧的时候,我看见了第二条小溪,它就在不远处,也潺潺流进了泥炭藓,消失在泥沼之中,从雪松的根和苔藓的残骸下面流过,流进湖泊。

某个古代的旅行者,也许是马可·波罗,在经过巴比伦(Babylon)前往巴格达(Bagdad)的时候,首先遇见了幼发拉底河①(the Euphrates),然后又遇见了底格里斯河②(the Tigris),他很可能感到有些惊奇和愉快,与我在此次发现中所获得的惊奇和愉快并无二致。以前,我从不认识一条流进这个湖泊的小溪。它始终都是一层薄薄的水,本身自给自足而又源源不断,我想是它的水源来自其表面下汩汩的泉水。我曾经上百次划船经过,踏上这两条小溪的出口,却从不知道湖泊在我经过时为何始终露着微笑、泛起酒窝。难怪它会发出笑声,它对频频来到此处的100个人当中的99个人保持了相同的玩笑,我不清楚另外100个人是否也会这样。

既然那个玩笑已经成为过去,且无须进一步对其保持安静,那整个林地似乎就骤然爆发出一阵狂笑。西风中,雪松带着压抑的欢乐而摇荡,一对红松鼠像小学生一样发出窃笑声,还上上下下撕扯那覆盖着地衣的树干,落到一棵沼泽桦木(swamp birch)

---

①②西亚的两条大河,两河之间诞生过著名的两河文明。

之中,但它们却几乎没有力气抓住枝条,显得气喘吁吁。一对寻找筑巢材料的乌鸦,在我的头上发出哈哈的叫声,直到它们不得不停止振翅,开始翱翔,它们因而如此虚弱,而当我在那条幼发拉底河左岸的沼泽中继续上行时,在我背后四百来米之处,还有整整一群山雀一直在嗤嗤窃笑。

这样的场景很有趣,过了一会儿,我就明白了那个玩笑,而且我自己也笑了起来。底格里斯河在我右侧,不久,这两条河就开始从更高的地面上唠叨着流下去,流到一片坚硬的底部。尽管只需要走一小段路,我们在这里也走向了另一片宽阔的沼泽,那里原本生长着红花槭和沼泽桦木,但在几年之内就被人类砍伐殆尽了。

就是在这里,我撞上了一场丰富多彩的合唱,那是一种沙哑的杂音,一种荷马式的喧闹,那声音仿佛是在蓝山和伯克郡①(Berkshire)之间,所有嗓音粗砺的小妖精在溪流上游聚会,而且刚刚听说了这个讲得特别好的故事。我认识那些小妖精。它们就是林蛙,在湿软的沼泽边缘的水中,它们确实在举行一年一度的聚会。它们每年下来一次,就像人们走向海岸,让自己在波浪中尽情玩耍、娱乐,由此产生极度的欢乐。它们并不是在嘲笑我,仅仅是在大声叫出自己所感受的幸福——被解冻了出来,发现春

---

① 英国南部的一郡。

天再度来临!

它们的嗓音,定音在中央 C 音下的八度音阶,完全是一个音符,在声音低矮的萌芽之下,两个音符横切,那声音就像是一大群野鸭在狂野地嘎嘎鸣叫,但它们真的几乎比野鸭的叫声更悦耳。聚会结束后,它们就回到林中,在那里,尽管直到它们看见你,你才可能看见它们,你也会发现它们栖息在树叶中间。当你看见它们的时候,它们已经跃入了空中。它们拥有修长得令人吃惊的腿,能跳跃到很远之外,跳跃之际还能在空中转身,因此在落地后,它们的下一次跳跃将会把它们带往新的方向。当它们触及地面时,地面似乎把它们吞没了,这是因为它们的肤色类似褐色叶片的颜色,使之与地面环境融为一体,肉眼很难发现,而且它们从一种隐形状态跃到另一种隐形状态。

在林蛙合唱的那边,我再次找到了我所探寻的那条溪流,它在铁杉遮荫的浅水处优美地跳舞,在栎树和枫树嫩枝构成的格子状阴影中,掠过板岩的壁架泛起波纹,在这里,另一个嗓音呼唤着我,那是一种偶尔发出些许颤音的断奏的口哨声,那是春天林地中非常的精灵——雨蛙(hyla)的嗓音。我将它称为口哨声,然而那种声音几乎并不是那样,它发出的更应该是笛子柔和而丰富的音调,类似于潘[①](Pan)初次在溪畔吹奏空洞的芦管时就可能模仿了的

---

① 希腊神话中的山林与畜牧之神。

音调。

　　雨蛙是胆怯的伙伴，这种褐色蛙类身长约 2.5 厘米，歌唱时会鼓起喉咙，直到喉咙犹如气球，然后吹奏出圆润的音符，相比林蛙，它甚至更为隐形。你可以坚持不懈地寻找它很多年，但最终一无所获，因为它的嗓音属于口技表演者，它似乎到处都在发声，让你难以辨别和寻找。这就像林中某个活泼欢闹的精灵爱丽儿所玩弄的诡计，它四处跳舞、吹口哨，时而在你前面，时而在你身后。当那种颤音进入它的曲调，你就有充分的理由认为这淘气的精灵在嘲笑你，因此它的嗓音在颤抖。如果某个颤动的音符在一种嗤嗤的笑声中结束，以及那精灵爱丽儿会在嘲笑的空气中飘过你而去，那也不会让人感到惊讶。

　　雨蛙在春天的大合唱要稍后才到来，现在，偶尔有一只雨蛙从林地树叶下冻结的巢穴中苏醒过来，跳到水边歌唱。我也不知道，那究竟是口技表演者的声音到处响起，时而在前方，时而在后面，时而在上面，时而在下面，还是数个隐形的快活小精灵在接力发声，把我从一个池潭转移到另一个池潭。我所知道的是，在出水口的易燃物——小小的泥沼的软泥那边 1.6 公里或更远之处，我找到了那位于泉水中的幼发拉底河源头，那些泉水穿过沙子清澈地翻腾而出，凉爽、纯净地涌出来，款待所有前来畅饮的人。

　　在这里的水边，我听见了另一种合唱，对于我，这种合唱弥补了那些小精灵林蛙粗野的笑声——一小群栗肩雀鹀发出哀伤的旋律，它们刚刚才来到这里，且乐此不疲。这些鸟儿比歌带鹀要晚来一些,它们的歌声带着一种渴望的音质,这一点不同于更早来临的歌带鹀那种直率的热心。这就像它们在强烈的阳光下的欢乐,造物的苏醒得到了缓和,被软化成一点儿对某种温和的回忆而流下的泪水。在栗肩雀鹀对来临事物的问候中,它们追忆那些往昔的夏天消失的幸福。

此后,迎着金色的日落发出的问候,我的路径穿过变成紫色的林地,引导我回家。此时,我尝尽了探索与发现的欢乐。我怀疑,洪堡[①](Humboldt)从他对里海(the Caspian)源头的探索归来后,感觉是否会好一些。我熟悉我探索的幼发拉底河,为了将来,我保留了我的底格里斯河,对于我来说,更大的欢乐,或许就是追溯它那深藏在杳无人迹的林地神秘深处的源头。

---

①德国自然科学家、作家(1769—1859),曾到墨西哥、古巴和南美探险,促进了生态学的发展。

第 7 章　春日遇蝶记

Earliest Butterflies

在寂静的光辉里，那片褐色树叶再次飘浮到空中，在我的眼前盘旋片刻，才歇落到附近那开拓者曾经的苹果树灰白的骨头上面。我有幸看得很清楚，因为那褐色树叶根本就不是什么褐色树叶，而是一只猎人蝶！

正如在仲夏，小牧草地和林间洼地的动物肯定会羡慕山顶上的动物，羡慕它们那凉爽、微风习习的瞭望处，在4月中旬，这种想法就必须颠倒过来了。因为北风和太阳之间的战争从2月开始，到如今依然在小规模地进行，在3月下旬抵达了葛底斯堡①（Gettysburg）那样的程度，继续阵发性地进行，几乎看不到阿波麦托克斯②（Appomattox）那样的场景。

在这场兄弟相残的斗争中，尽管南方会获胜，但在夏天那显现和平与繁荣的太平盛世，两股力量将握手言和，为整个大地的利益而孜孜不倦地发挥作用。北方的战士已经被驱赶到山顶上，

---

①美国宾夕法尼亚州南部城镇。美国内战期间，这里爆发了著名的葛底斯堡战役，南北双方军队在此血战，死伤无数，是美国内战的转折点。
②美国南北战争结束时，1865年4月9日，南军将领罗伯特·李率领南军向北军的格·兰特将军投降的地点。

但依然在那里挑衅地叫喊，对下面的山谷发动突袭。这是一场注定失败的战斗，因为太阳金色的力量整天都在大地上袅袅上升，充满了所有的洼地，将其保持在宁静的温暖与和睦之中。昨夜的霜冻无论有多么严酷，头上的疾风无论有多么强大，我始终都能发现在碗状的下凹处，夏天已经在爱抚、拥抱那在冬天饱经磨难的林地。

在这片土地上，新开垦地最初的定居者存在的日期先于那些有记录的人——那些通过英雄业绩和财产转让而拥有土地的人，他们似乎也发现并爱上了这些被阳光晒暖的小洼地，因为在里面，我发现了这种开拓者占有土地的仅有的痕迹。关于这些开拓者，用墨水写成或写在羊皮纸上的记录确实微乎其微，他们留在土地上的记录本身就很少，在这里，尽管不会找到石头构造的痕迹，但一个下凹处可能会露出那曾经挖掘过小地窖之处。开拓者更容易用木头来构架其地窖墙壁，这跟他在地窖上面建造房子时用木头来构架墙壁一样。

通过仔细搜寻，你可以发现通往附近泉水的那条磨损的小径，因为石头上的铭文消失很久之后，还看得见留在泥土上的东西。风吹雨打、日晒雨淋，风雨将从你的大理石碑上擦掉那些雕刻的文字。但是，越过平原的小径，那曾经被很多路过的脚步深深而稳固地磨损的小径，始终会把痕迹展示给具有辨识力的眼睛。也许，一截巨大的老苹果树树桩即使显示出微弱的生命痕迹，也可能持续到现在，在林中树木曾经紧靠的庭院周围，那些树木可能成群地生长，但会踌躇不前，留下一些开阔的空间，仿佛它们依然尊重那无形的界限——离去已久的人类居住者设置的无形的界限。

在我居住的镇子中，似乎有很多这样的睡谷①（sleepy hollow），这些地方有梦幻存在，那曾经被践踏的泥土顽强地依附于消失已久的脚印。今天，在它们的顶上，北风唱起了战歌，但北风那衰弱的箭矢落到了泥土上，没有造成什么危害，因为阳光金色的军队越过南部边缘滚滚涌来，用令人颤抖的喜悦充斥下面的这个空间。

在这样的阳光下四处漫步，无疑有一种乐趣，坐在开拓者低洼的土地上，让阳光充斥你的骨髓，则是陶醉于人类必须记住的最初的原始欢乐。它的日期比第一个人要早千百万个未知的岁月。同一轮太阳带着同样的欢乐，触摸最初的原始细胞。随着激动的心情，一个细胞颤抖着分裂成两个细胞，物种的起源就这样来临了。

今天，在这样一个洼地，在这样一轮太阳下，林地生物的游行庆典在我面前表演，几乎就像可能在那个开拓者面前表演一样，那时他坐在自家的木头门阶上，也许刚刚从玉米地劳动归来，正在休息，在他的洼地后面，他那片土地上的山丘依然使平坦、多沙的平原光影交错。奇怪的是，那个强壮结实的17世纪的冒险者早已化为消失的尘土和梦幻，与此同时，他用锄头小心翼翼地翻动的沃土，还保持着他在两百多年前赋予它的那种形态！他的玉米

---

① 19世纪美国著名小说家华盛顿·欧文的悬疑短篇小说《睡谷传奇》中的背景地。

地使得一片森林成熟了五六次,大树被砍倒,装上大车运走,然而,那种植过玉米的山丘却迟迟不去。因而,泥土很容易比陶匠活得更长久。

当我初次走进那个空旷地,那里一派沉寂,呈现出褐色、荒芜的景象,但那就是林地生存的方式,我们很快就学会了去理解它。在你获准成为这群人当中的一员之前,某种土著性的礼节是必不可少的。在爱斯基摩人中间也如此,你进入一场集会,静静地坐上片刻,直到其中一个已经在场的人注意到你,并对你说话。这样,你就获准成为其伙伴。要是新来者首先讲话,则是很糟的体验。

因此,我起先仅仅注意到了去年草丛的褐色,那些秋麒麟草(goldenrod)、紫菀(aster)、金丝桃(St. John's-wort)和毛蕊花(mullein)的枯茎。一片小小的云掠过太阳的面庞,搜寻的北风从山坡上吹下来,冷却了那似乎从洼地满溢而出的金色的阳光。从洼地边缘一个遮蔽之处俯视洼地,我想过这个地方充满了6月的梦幻。当我在那个开拓者的草地的阴影中坐下来,背对着那搜寻的北风,那还不如说是对11月的回忆。

一片枯叶,受到疾风的恐吓,从树冠上迅速落到地上,在黯淡的枯草上形成一点儿溅洒的褐色。然后,完全是在片刻之内,那片云就飘了过去,北风看到四面八方都是敌人,便冲过山丘边缘,太阳那琥珀色的暖意降临下来,带着正在归来的夏天那种温和的狂喜,充满了那个杯状洼地,且满溢而出。

在寂静的光辉里,那片褐色树叶再次飘浮到空中,在我的眼前盘旋片刻,才歇落到附近那开拓者曾经的苹果树灰白的骨头上。就这样,我接受了我的序言。当这个地方的一个人对我说话,好像接受了我的赞美,我有幸看得很清楚,因为那褐色树叶根本就不是什么褐色树叶,而是一只猎人蝶(hunter's butterfly)!

尽管在一两夜之前,温度计还指示着冰点之下 10 度,但我如此之快就发现那么多脆弱的生命形态在太阳下躁动,很是令人惊讶,翌日早晨,地面被坚冰冻结了起来。我发现的那只猎人蝶就在这里,一个微小的果肉状细胞——我的指头轻轻一触就能将其压碎,被承载于那轻飘飘的脆弱的翅膀——那翅膀可能被一根疾风折断的细枝击碎,但它却安详地逛来逛去,挑战那可能伤害它的一切。

它所扮演的奇异角色,就是整个冬天它都一直处于这附近的某处。牧草地上,到处散落着去年的鼠曲草(cudweed)脆弱的幽灵,它在毛虫阶段便以这种草为食。但是,它至少需要 6 个月才能破茧而出,显现出它如今的形态,面对严酷的风、不断下降的气温、寒雨霏霏的日子、窒息性的飘雪和那很多天都用 2.5 厘米厚的铠甲覆盖万物的坚冰。尽管这些不利因素都可能给它带来种种毁灭,但它还是以某种神秘的方式得以逃脱,在这里快活得像蟋蟀。

它似乎并不饥饿,除非它像我一样,热切地吞食阳光。它栖息在那棵倒下的老苹果树上,在那久经风雨侵蚀的灰白的树干上,翅膀轻轻地起伏,与此同时,我注意到它显现出浓郁的红色之美,那红色中又夹杂着黑白的斑纹,前翅尖上,黑边的顶尖上,呈现出一种浅蓝色的色调。然后，它把翅膀合上一分钟，对我显露出身体下部模糊的深色，因此，尽管现在我能注意到它后翅上的蓝色眼形花斑，但当它随风飘过田野的垄脊时，还让我以为它是一片枯叶呢。

就这样，它一动不动，仅仅歇息了片刻，很难不让人把它看成一小块陈旧的树皮或树叶碎片，接着，它就敏捷地翻转到空中，再度急匆匆地越过山丘消失了。所有的蝴蝶都偶然会获得无线音讯而起飞离开，仿佛将其当成生与死的大事，从而来回应这样的信息，但是，在最初温暖的日子里，这些越冬的伙伴看起来似乎特别服从于这样的信息。稍后，一只蛱蝶就降临到我所在的山谷中，但它没有待上多久，使得我没有足够的时间去辨认出它究竟属于哪一种蛱蝶——究竟是美洲多角蛱蝶还是银纹多角蛱蝶？如果不是对它的身份的怀疑给我留下疑问，我还会把它称为"银纹多角蛱蝶"，因为它停留得最短暂。

它在处理自己的事情时所显现出的那种匆匆忙忙的行动，甚至比居高红蛱蝶对自己的事情还匆忙，它轻轻一拍那边缘弯曲的翅膀，瞬间就消失在视线之外。

这一天，在这个阳光明媚的洼地附近，我还看见了另外三只蝴蝶。一只是黄缘蛱蝶（mourning cloak），在温暖的日子，我始终都期待在4月阳光明媚的褐色树林中看见它的身影，而且也很少失望。另一只蝴蝶，在那已经经历两个世纪的玉米地遍布小丘的地面上兜风，我想它应该是另一种赤蛱蝶，也许它就像白矩朱蛱蝶一样,更令人熟悉。如果能够确切地了解它,我会很高兴,因为这种蝴蝶在这里十分罕见,但是,我的天哪,它越过山丘离开了,那种速度应该让那只松弛下垂的蛱蝶感到惭愧。确实,这些是闲逛的诗人蝴蝶!它们是整个林地中最忙碌的蝴蝶。

我最后看到的是一个红色小块,它很像一颗受到刺激的子弹,穿过阳光浓郁的金色射了出来,它的马达运转得最为灵巧,关闭了消声器,两片螺旋桨咆哮着。奥维尔·莱特①(Orville Wright)可能都不曾见过它。我仅仅瞥了一眼就看见了,但我却把它当成了一种弄蝶(skipper),也许是银星弄蝶,尽管我以前从未在这么早的时间看见这样一只蝴蝶,但它在这里也很常见。它魁伟结实,脖子粗壮,翅膀很短,这是弄蝶的特征。

我乐于了解这些早早出来的蝴蝶以何物为食。如今,有些花儿正在开放,但是你从不曾发现一只黄缘蛱蝶或者猎人蝶,一只美洲多角蛱蝶或者小红蛱蝶(painted lady)围绕这些花朵而振翅翻飞。蜜蜂在柳絮和桤木的柔荑花中寻觅花粉。枫树在开花。你能发现獐耳细辛、紫罗兰、卷耳、番红花(crocus)、雪花莲(snowdrop)的身影,而且我敢说蒲公英也开花了,几乎每一天,在作为使者的风上,某种新的灌木或腼腆的药草都会发出芬芳的邀请。

---

①发明飞机的美国发明家莱特兄弟之一。

然而，我发现4月的蝴蝶多半喜欢阳光明媚之处，这样的地方诸如古老的玉米地，那里，在来临的几周之内，松树和胭脂栎都不会发出开花的暗示，只有干燥的地衣似乎在嫩枝和碎片形成阻碍的泥土上繁盛起来。在这样的地方，优美的石蕊（cladonia）兴旺成长，这结出褐色果实的植物朝着太阳举起细小的花杯，与此同时，那头冠猩红的植物则对此有所帮助，那些具有须边的植物种类构成脆弱、细小、美丽的花园，如果你像蝴蝶那样将鼻子贴到泥土上看着它们，那些花园就会对你显示出至极之美。

也许，这些春天最早的蝴蝶从褐色的花杯中吮吸汁液，或者从那被霜沾湿的猩红头冠上吸取某些有效的万应灵药，在马萨诸塞4月的寒夜，那种灵药温暖它们微小心灵最深处的情感。我希望如此。在这个时候，我从未看见它们从任何公认的来源中吮吸花蜜。也许，植物丰富的体液流动，完全冲破所有树木幼小的枝条，如今渗漏了出来，足以提供糖浆，让它们品尝，因此，它们就比它们的同胞兄弟要幸运，而它们的同胞兄弟稍后才会来临，对丁香和马利筋（milkweed）大献殷勤。槭糖比花蜜更佳。

尽管乍一看，那小洼地呈现出如此的棕褐色而且很干枯，但不久之后，那里就会为它们绽放出足够多的花朵。在我最初看见居高红蛱蝶的触须之后，我就渐渐开始看见那些花朵，我的肘下有一种绿色圆花饰，或许更远处还有一种锯齿形的末梢。整个冬天，在这一整片褐色的草丛下面，两年生和多年生植物都在等待这样的时节。在秋天不断加深的寒意中，在以缓慢的劳作构成的生长核心之外，如今它们正在迅速而连续不断地生长，一片接一片地萌发出新叶，覆盖在褐色草丛的顶部，开始用春天的嫩绿给它们加冕。

当它们伸展上来迎接太阳的拥抱所赋予的温暖，它们的色彩中便有了欢乐的景象。在这里，一棵早发的毛茛（buttercup）满怀信心地保证，对我挥舞一只裂开且稍呈羽状的手，尽管到现在为止，它的簇群的心中还没有上升之茎的迹象——那根茎将高高地承受那具有光泽的黄色花朵。蒲公英的叶片到处摇动那带有凹口的长矛，尽管其花蕾依然隐藏在它的心里，尚不曾显露出黄色的迹象，它们也为自己那已经看得见的花蕾而骄傲、自豪。

这里有委陵菜那草莓般的微小叶片，毛茛苍白的对应物——它以温和的羡慕和赞美仰望着毛茛。委陵菜紧随紫罗兰的脚跟，它的花蕾已经热切地长出来、展开。紫菀和秋麒麟草线形的根出叶（root leaf）舒适地栖息着，呈现出绿色，微微生长，却并不急于出现在去年的褐色植被上。观察它们的日期迟迟才会来临，它们没有理由这么早就开始躁动。因此，在往昔的定居者的庭院中，青葱的绿叶正四处萌发、生长，领先于林中那些懒散的草丛——林中的草丛几乎还没有开始萌发出细小的长矛，不过，那些长矛终将刺穿以前的雾霭，帮助其他植物为空荡荡的林地空间创造出一幅新的挂毯。

如今，在所有这些花朵中间，最可爱的，实际上也跟这个地点最为密切相关的，当属毛蕊花了。整整一个冬天，它都安详而自满地栖息在积雪下面，被透明之冰的铠甲裹住，或者无遮挡地置身于凛冽的寒夜，在这样的时候，天上的群星是一种银色的立体闪光，被寂静的寒意深深地咬啮。就像那开拓者穿着粗糙的克尔赛呢衣物，这种植物的家纺衣物也可以挑战如此寒冷的天气，用所有这种毛织填料来阻止寒意逼近它那细小的叶片，这就使得它看起来如此简陋、粗糙。在夏天，它会用这同一种铠甲来挑战7月太阳的酷热，它栖息在这里，把脚插进灼热的沙子，从它金色的绽放中，它那高大的穗儿发出笑声，把阳光抛掷回去。

就像那个开拓者一样，毛蕊花也来自老世界，但它极好地适应了，去承受新世界的严酷，挑战新世界的危险。它像开拓者一样扎下根来，它的种子在粗糙之处占据了土地，尽管它的外衣很粗糙，但它却很勇敢、美丽，内心温柔，且始终有益。

因此，当太阳从西边的山脊上离去，当北风的侦察兵再度鼓起勇气入侵此地，我把这个小洼地留给了荒野，因为这荒野依然拥抱着往昔的占有者之梦。在它那受到庇护的隐蔽处，这一天所有金色的温暖都会留下来，甚至留到太阳再度来临的时候。我无法辨别我看到的那些最忙碌的蝴蝶将在哪里过夜，但如果我是其中的一只蝴蝶，我就会振翅飞回那开拓者家园的庭院之中，进入毛蕊花叶片构成的其中一个圆花饰，在那伟大的心中蜷曲下来，温暖而宁静地沉睡，乍一看，还仿佛裹着那种植物柔软的毛毯。

第 8 章　四月的阵雨

April Showers

每一滴水触及水面之后，又翩翩跃入空中，在一种朦胧、微明、柔美的光亮中，我看得见水面点画着珍珠似的光。然后，透过这一切，传来了一支新的歌曲，这个夜晚的第一个独唱者，这个季节最初的独唱者……

夜幕降临时，风停了。风之所以停息，或许是它因为自己延长的暴力而感到羞愧，而我们到处都感到4月柔和的存在。突然，有人用一件散发着芳香的梦幻的保护性斗篷裹住了世界。

至今，它一直在努力实现春天，在各处也的确获得了成功，始终在反抗那寒冷的厌恶和愠怒的阻挠。如今，几乎是在一口气中，欢乐与缓和降临到了所有户外生物的身上，空气本身充满了满溢的宽慰的泪水，在光秃的细枝和褐色的草丛上，发出那带着笑语的细微的滴答声。直到那时，我们还没有春天的绿意，林地世界呈现出粉红色和琥珀色，处于希望和承诺中的色彩充满温柔的怀念；花朵到处勇敢地奋力绽放出来，但在一片因为去年的牧草而显现出褐色的土地上，它们耐心地露出了微笑。

然而在一天夜里，那些4月溺爱的十足的温暖，那些它因为真正重新回家而淌下的欢乐之泪，改变了一切。在那细小的阵雨的滴答声下，去年苍白的草丛将困倦的头颅搁放在下面黑色泥土上，沉沉睡去，与此同时，在它们的位置上，今年青葱的绿色长矛已破土而出，闪烁着百万个快乐的刻面，对第二天早晨的太阳进行回复，因此太阳似乎就把宝石的闪光撒在了万物身上。

起初，在黑色的黄昏，这些4月的阵雨非常轻盈地来临，从那如此接近我的面颊的空气中生长而出，它们触摸在面颊上的感觉无限美好，且抚慰人心。在寂静的夏夜，露水就这样触摸草丛。在这样的夜里独处于牧草地，就是与宇宙原始的亲切感融为一体。我能感到牧草地的灌木丛、多年生草本植物和正在发芽的一年生植物的幸福，如今，它们生长在大地母亲温暖的胸怀中，被隐藏在4月的夜晚那芬芳四溢的长袍下面。

前一夜，寒冷的天空被狂风吹到很高的地方，牧草地上，动物们叹息、畏缩、颤抖。4月的阵雨从中诞生的夜晚犹如祝福一般降临下来，将所有谦卑的事物都包裹在渐渐增长的暖意中，而那种暖意则因为湿气和芳香而震颤。

那些温和的林地小妖精随雨而来，当雨水对它们奏出一种快乐、幽灵般的曲调时，它们就开始协调着劳作。它们亲切地压倒那苍白的褐色草丛，在草上轻轻拍动黑色泥土，直到其入睡。它们精力充沛，用力拉扯发芽的叶片，在它们的劳作中，在那黑暗下面，它们一夜之间就用这种青翠的颜料盖住了去年的褐色。它们捶打、撬动花蕾那坚韧、浸渍过的外壳，最终让它们张开，开始显露出里面的嫩叶展现出的柔和的黄绿色。

整个冬天，越橘原本赋予了牧草地少许柔和的酒红色，而现在，其细枝末梢因此丧失了这种色调，萌发成最浅的绿色，唐棣（shadbush）的花蕾开始撼松其总状花序。这些小小的生物结成一小队一小队地劳作，而在它们劳作之际，阵雨就在四面八方奏起快乐的曲调。

整个夜晚，你到处都会遇到泥土张开的毛孔散发的清新气味，在这上面，潮湿的空气形成所有其他气味，将其带到很远的地方。远处，一道厨房门敞开，不仅发出了黄色光芒的彩虹边缘的朦胧，还发出了新焙烤的面包气味——那面包正搁放在餐桌上，等到冷却之后，才被某个迟来的新英格兰家庭主妇放进食品间的大石坛中。

随着远处的溪流唱起喧闹的摇篮曲，柳树开花的气味传来了，随着风的转移，松林微弱的松香也传来了。那让事物轮廓遮蔽于视线的黑暗，将事物的位置留给其他忠实履行职责的感官。嗅觉和听觉就像视觉一样灵敏。在黑暗中行走，你常常可以微弱地感觉到一种与众不同的感官所发挥的模糊作用，凭借这种感觉，你能躲避一棵树或一个围栏角落——你感觉它就在那里，却不是通过普通的五官来感觉到的。黑暗给了我们触角。

4月的阵雨伸出爱抚的手指，触摸万物的和弦，从那里带来了音乐，根据不同的事物而产生不同的音乐。在开阔的森林中，在落叶树下，枯叶乱弹出一曲幽灵般的挽歌，就像《扫罗的死亡进行曲》①（Dead March in Saul）。冬天的幽灵排成庄严、神圣的队列走出林地，朝着它前进。对雨雪、深雪、冰雹和令人心碎的霜降的记忆，沉闷地践踏在那阴沉的队列之中，越过薄雾朦胧的山岭，向着北方，向着哈得孙湾以北的荒凉之地前进。透过下面这场庄严、神圣的行军，我听见在头顶萌发的细枝上，年轻的雨滴奏响那种发出笑语的幻想曲，挽歌和小曲儿在远处软化成神秘的音乐、古老的泥土的神秘文字。

在开阔的牧草地，这种曲调再度改变。在那里，它成了一种快活的噼啪声，预示了所有愉快的小昆虫——它们的歌声将会使5月的夜晚快活起来。无疑，迟来的4月的阵雨落在这些小昆虫家园的草叶屋顶上，在这样的雨水中，它们接受了第一堂音乐课。

但是，在下面的湖泊边缘，我发现了最完美的音乐。微薄的雾霭对那种音乐翩翩起舞，从边缘上轻柔地振翅而起，又一同入迷地摇晃，飘进一个愉快的灰色梦境。这是同一种曲调，具有离奇有趣、被切分的变奏，发芽的细枝和褐色的牧草将它发了出来，却更为轻快，发出一种清脆的叮当声，比任何其他能够发出的声音都要清澈、清新，这种落下的水珠的响铃声，在那与它们相同的水上鸣响。

每一滴水触及水面之后，又翩翩跃入空中，在一种朦胧、微明、柔美的光亮中，我看得见水面点画着珍珠似的光。然后，透过这

---

①德国著名作曲家格奥尔格·弗里德里希·亨德尔（1685—1759）的音乐作品。

一切，传来了一支新的歌曲，这个夜晚的第一个独唱者，这个季节最初的独唱者，颤动着一种漫长、梦幻般、振奋人心的幸福的华彩乐章，那就是拟蝗蛙发出的爱情呼唤。

4月的阵雨落在等待的大地上，正如它那滴答的音乐是古老的泥土的神秘文字，拟蝗蛙的情歌也沿着岁月的足迹，从石炭纪时代一直梦想到我们这里。当煤层还是桫椤（tree fern）森林，当最初的人们划着小船，在其阴凉之处穿过水雾弥漫的浅滩，拟蝗蛙的确是一种树蛙，在桫椤的枝条上唱起那抚慰人心的歌。从那时起，它就退化了，丧失了手指和脚趾上细小的吸盘的大多数附着能力。它再也不能轻易地依附在树上了，它只是一个笨拙的攀爬者。因此，它的脚趾之间的蹼几乎消失了，它也不再是游泳健将。它时常出没在沼泽的浅滩，出没在深深的小水湾边缘的池潭。

也许它知道自己退化了，还知道它的安全主要依赖于沉默和隐匿，因为除了在春天最初的全盛时期，在空气中弥漫着柔和的薄雾之际，弥漫着那搅动石炭纪时代隐藏的记忆的暖意之际，它一般很少唱歌。它是一个美丽的伙伴，身长几乎不到2.5厘米，常常呈现出肉色，带着那种铜一般的彩虹色调，这就使得那些以蛙类为食的动物都垂涎欲滴。我相信，正是因为垂涎它，小梭鱼（pickerel）才在一年中的这个时候出没于真正的浅水处，在一个傍晚，你可以看到那些鱼把背鳍露出水面，状若中国舢板上那种网格状的帆。

相比拟蝗蛙在朦胧的4月的夜晚所唱的摇篮曲，应和那滴答地落在湖泊那翩翩起舞的水面上的阵雨的伴奏，我不相信还有什么地方能听到这样更梦幻或更抚慰人心的摇篮曲。那种摇篮曲在一声叹息中开始，不断扩展，直到搅动记忆，又渐渐寂灭在自己幸福的梦里。

整个抚慰人心而温暖的夜晚，拟蝗蛙都在歌唱，阵雨为这些劳作的小精灵伴奏音乐，当早晨来临，这样的歌声就会响起，对你那身披复活节所有华丽服饰的新世界唱起来。雨滴的小精灵践踏和传递了牧草地的地毯，因为去年的尘埃，那些地毯呈现出如此的褐色，如今它们多么干净，拥有多么柔软的绿色绒毛，因此走在上面会感到一种更新鲜的乐趣。绿色也是很多牧草地灌木丛所穿着的衣服，唐棣身披艳俗的服装，使得那些色彩更为朴素的植物再次回头去看它。它已经用绽放的花蕾的白色，给它那精致的衣袍涂上了灰绿色，而在看着唐棣的时候，浆果丛和野樱桃、荚蒾（viburnum）以及其他早早开花的灌木丛，也感到了自己即将来临的些许欢乐。

在所有这些牧草地植物当中，最可爱的当属香杨梅（sweet gale）。要是你知道柔荑花能把这种纤细、朴素的生物创造得多么美丽，那么你现在就应该赶紧走进牧草地去观察它。它多么朴素而沉默，直到昨夜，你可能掠过它而去，还根本不曾注意到它。

这几个月以来，它的家族中的另外两个成员也流露出了更多的迹象。香蕨木（sweet fern）依然保持着它去年的一些叶片，在你经过的时候，它就会朝着你抛洒出一阵芳香，使得你知道它近在咫尺。整个冬天，蜡杨梅（bayberry）都迎风举起它那蓝色的蜡烛，让它们的熏香飘荡出很远。但是，对于这样的事情，香杨梅过于谦虚且害羞。它只是安静地栖息着，未被注意到，脑子里辗转着神圣的念头，正因为它这样做，4月的太阳和阵雨似乎首先把所有的温暖和善意都降临到它的身上。

香蕨木的柔黄花依然坚硬，如同浸渍过一般，在4月的阵雨之后的这个早晨，不曾绽开一丝微笑。在这所有的柔和与温暖中，蜡杨梅的蜡烛都不曾融化，也不曾露出火焰，然而，温和的香杨梅就耸立在那里，浑身燃起柔和的琥珀色和淡淡的金色，成为一种真正燃烧的美丽的灌丛。这些花朵并没有发出芳香，这种植物害羞且自足得如此温文尔雅。在一段距离开外，蜡杨梅和香蕨木两者都会用浓郁的芳香来诱惑你，然而，仅仅是在叶片萌发之后，只要你碰伤那些叶片，就会得到那来自香杨梅害羞之心的信息。

在这样一个早晨，鸟儿们似乎都在这里，穿过早早升起的柔和的薄雾而迅速飞来飞去，在柔和的空气和温和的暖意中，纯粹为了欢乐而歌唱。知更鸟第一次随心所欲地亮开歌喉，其群体并不大，尽管这里到处都有大批的这种鸟儿，但也足够了，因此你能轻而易举地预测那完美的合唱力量，而稍后，那种合唱就开始上演。黑鹂和蓝鸲唱起颂歌，歌带鹀则清晰地纵声扬起歌喉，偶尔，一只扑翅䴕会端坐在树顶的粗枝上，清清嗓子，鼓起胸膛，开始吹奏出"塔克——塔克——塔克——塔克——塔克"的声音，然后，它会因为自己发出的噪音而局促不安，便踮起脚尖离开，肯定是感到很羞愧，它最好为自己的声音而羞愧。

我看不见狐色带鹀，我想它们在前一天就离开了，然而，一只翠鸟却从一个小水湾飞到另一个小水湾，歌喉中倾涌出它那种欢乐的鸣叫，那声音就像有人用树枝在板条上划出的嘎嘎声。一只草地鹨（meadowlark）在一棵油松（pitch pine）顶端吹出清晰的口哨，然后交替振翅，翱翔着飞到草丛中去享受第一口美食。棕顶雀鹀（chipping sparrow）鼓起小小的灰色喉咙，用颤音发出一种朴实、满足的音符，随着时辰渐渐变晚，冠蓝鸦（blue jay）的喧闹也开始登场。

我发现冠蓝鸦是一个懒散的小家伙，并不适合清晨的狂欢，早餐是一件严肃认真的事情，不应该轻松地、唧唧喳喳地进入。在那天的晚些时候，尽管它从不在大庭广众之下公开唱歌，但它也容易发出充分的聒噪。它靠得最近的时候，是它在一群好伙伴中对你模仿其他鸟儿歌声的时候，因为冠蓝鸦很善于模仿。但那始终是一种戏谑的滑稽表演，而它才发出最初的几声模仿之歌，便被同伴揶揄的合唱打断了，你也始终不知道它们究竟是在嘲笑那个模仿者，还是在嘲笑那只被模仿者所戏谑的鸟儿。我认为，这对它们根本就无关紧要，只要它们有机会嘲笑就够了。

现在，尽管偶尔有一阵喧闹，那些不会平静的风流韵事发出可怕而讨厌的喧闹，乌鸦们也相当沉寂了。乌鸦是树林中的苏格兰人，它们如此谨慎、精明，以至于你几乎不会认为它们会不顾一切而莽撞行事，颇为高声地谈论一桩风流韵事，从而引发骚动和决斗，但不幸的是，这样的事情确实发生了。一两天之前，正当我走在松林间，我听到了一阵吵闹不已的尖叫和责骂声，那是愤怒和忧伤的鸣叫，然后，我还没能抵达现场，那些吵闹声便沉寂了下来。

当我抵达那里的时候，我看见的一切，就是两只乌鸦正羞愧地溜到树端后面。我原以为那只是情侣之间的一场争吵，没料到的是，第二天，就在距离那个地点不远的松树下面，我发现了一只年轻英俊、花花公子似的乌鸦直挺挺地死在地上。这让我有点儿困惑：它的身上没有枪伤，但从表面来看却是死于暴力。这是一只身强力壮的年轻乌鸦，生命活力正处于鼎盛期。这个早晨，当春天所有柔和的魔法似乎都为情侣而产生的时候，很多鸟儿都为此而异常兴奋，我又听到了乌鸦之间的一场争吵，因此就不惜采取卑鄙的手段去一探究竟。

原来那里有一只非常端庄的乌鸦女士，还有两个绝不端庄的追求者。那两个竞争者都无法接近到那位女士，在它的耳际诉说爱情的甜言蜜语，因为它们互不相让，都会阻止对方靠近自己心仪的女士，还会愤怒地飞扑下来冲向僭越者。那两只乌鸦在树木中间撕扯、扭打，相互辱骂。这是明显的亵渎。它们高高地飞到空中，又再度危险地俯冲到下面的树林里，不顾后果地尖叫着诅咒。偶尔，它们又一起飞来，其中一只痛苦地大叫。这样的情形只持续了几分钟，却是一场白热化的混战。然后，其中一只乌鸦显然是受够了，便放弃了战斗，飞到距离我很近的一丛浓密的枞树中，躲藏起来。对于我的出现，这三只乌鸦都毫不在意。

那只胜利的乌鸦装腔作势地拍动翅膀，飞回到自己心仪的女士身边，尽管我看不见它们，但我知道它获得了对方公开的好感和宠爱，因此接下来的那些咕咕声和呱呱声就不足为奇了。乌鸦是不计后果的劫掠者，树林中快活的现代罗宾汉（Robin Hood），我很喜欢它们，但是它们求爱的那种嗓音，天哪！麦克白①（Macbeth）的一个女巫可能用同一种声调来对着大锅致辞。显然，那落荒而逃的对手也如此认为，因为它开始用一种低声来唠叨，并咕哝着飞走了，离开的时候，多半只能拍动一只翅膀。当然，我没有直接的证据，但我认为，我所发现的那只死乌鸦，就是在这样一场不合时宜的决斗中被情敌结果了性命。

就这一次，我高兴地离开乌鸦，然后在上午的晚些时候灿烂的阳光中，我偶然遇见了一棵树，树上挤满了金翅雀。同时，那也是一棵充满惬意的音乐之树，上面的每只鸟儿都展开春天的歌喉，与其他同伴竞争，相比巴赫②（Bach）或舒曼③（Schumann）创作的任何歌曲，这些鸟儿的歌声都与环境更合调，那纯粹是一种处于全盛期的愉快的公开声明。

这些鸟儿刚刚进入新的繁盛期。就像香杨梅一样，它们好像几乎在一夜之间就披上了新的金色外衣，因为它们身上发出黄色的光亮，就像光秃秃的细枝周围的花朵，对比之下，它们的黑色

---

① 莎士比亚悲剧《麦克白》中的主人公。
② 德国著名作曲家（1685—1750）。
③ 德国著名作曲家（1810—1856）。

翅膀就使得那种色彩更加栩栩如生。在昨天还是前天，这些可爱的歌手还像色彩朴素的麻雀一样四处飞翔，而现在，它们突然成了热带阳光溅洒下来的斑点。

直到8月下旬，它们才会穿上交配时期的羽衣，而那种羽衣会让它们重返褐色。它们对此兴奋不已，其丰富、多变的歌声令人多么愉快，因此我乐于看到它们不会停止求爱，直到6月下旬才去构筑爱巢，我认为，在所有鸟儿当中，它们是最晚的筑巢者。

正当我聆听金翅雀的歌声时，一小片蓝天坠落了下来，落在我旁边的一片树叶上，展开翅膀享受灿烂的阳光。原来，这是最小巧也是最可爱的蝴蝶之一——琉璃小灰蝶在冬天的形态，我之所以这样称呼它，是因为它在4月就以这样的方式出来了，从一个让它成功地度过了冬天严寒的蝶蛹中脱身。就像那开花的香杨梅、拟蝗蛙的歌声和金翅雀的羽衣的金色一样，这一点儿微小、无畏的蓝色是春天真实、柔和地存在的图章，只有在4月的阵雨确切地发出呼唤、挑选的时候，它才会来临。

的确，我们可能还会有一阵降雪，但那只是冬天的幽灵逃逸的脚步远远地扬起并飘来的尘埃——如今，那些冬天的幽灵正一路北上，擦伤那在萨斯喀彻温河[①]（the Saskatchewan）注入哈得孙湾之处的苔原。

[①]加拿大中南部河流，源出落基山东麓。

第 9 章　五月的约定

Promise of May

似乎在渴望中，山胡椒那浓郁、柔和的芳香笼罩了整个场景——即使在平静之际，那种渴望也令人陶醉、不安。在山胡椒的气味中，有一声对流浪者的呼唤，呼唤那个处于更野性的树林中的吉普赛人……

早晨，那淡红灰的空气最初触及地面，就让我的感官怀疑两种新的愉悦：一种愉悦在感觉上令人更舒适，需要去寻找；另一种愉悦则需要去期待。期待这样一个早晨的事物很容易，因为就在4月的流逝中，亲切的日子来临了——那种流逝预示着6月上旬的七重天[①]（seventh heaven）。

在这样的时候，牧草地的生物就振作起来，不再镇静地走向夏天丰富的生活，而是开始骚动、向前雀跃。在古老的希腊神话中，半人半羊的农牧神在新的草皮上跳舞，至少这是事实。到了5月1日，灌木丛就会半旋转地运动。我怀疑，就连甸杜那样的植物也在忧郁的沼泽下面摆动脚趾，尽管它表面上不会欢跃，但也披上了新绽花蕾的白色，仿佛它至少正在结束哀悼状态。

---

①指极乐世界。

到了日出时分，知更鸟的交响曲的那种骚动变成了赋格曲，此时，还有某种机会听见其他鸟儿的歌声。我曾经期待一只独唱的鸟儿确实应该在这里。有时，更早地自南方而来的候鸟被暴风雨耽搁了行程，或者被惬意的天气所助力、推进，但那些如今到达这里的鸟儿几乎肯定都在一个明确的日子出现。5月8日早晨，在我房子周围的榆树上，始终都有橙腹拟黄鹂（Baltimore oriole）。5月7日，尽管整个邻近地区的人们都对这样的现象产生了兴趣，不断仔细观察，却没人见过一只橙腹拟黄鹂的身影。自从这样的观察开始以来，已经过去了25年，而橙腹拟黄鹂出现的日期至今尚未失效。那个早晨，在年轻的苹果树的叶片间，如果我没有看见这种拟黄鹂的橘色、黄色和黑色的忽闪，没有听见它们发出悦耳的嘟哨声，那么我就会这样认为：这些鸟儿从尼加拉瓜归来的返程票出现了严重错误。

对于赤腹鸫，我并不那么完全确定。它很少来拜访我。相反，在它抵达的最初那几天，我还不得不走向野外，到处去寻找它的身影。它最喜欢萌芽林（sprout land），当它从胭脂栎中间飞走，你就能从它的身上看到那种红褐色的忽闪，那种忽闪有充分的理由成为狐狸尾巴，然而，它在日出时分的独唱是不会出错的，那完全是清晨最响亮、最悦耳的鸟儿的歌唱，4月25日那一天，我就常常听见它的歌声。

尽管有些年我无法前往音乐厅，也无法听见这个歌手的歌声，但我敢说它总是那么早就来到了这里。总是在5月1日，它就在这里了。这个早晨，它唱起它那丰润、嘹亮的女低音，在牧草地的一棵桦树末梢回响——在那里，我不知道多少年来，在每年5月1日早晨，它都会歌唱，或者某种像它那样的鸫都会歌唱。尽管北美红眼鸟也应该在预期的时间内来临，但我徒劳地等着聆听它的歌声。就像赤腹鸫一样，北美红眼鸟也是一种常常出没于密丛的鸟儿，紧随狐色带鸫的踪迹而至，一如既往地耕作下层林丛。

尽管去年那些困倦的褐色树叶可能搭上3月的风，前往牧草地角落，落在那些纠缠的绿蔷薇的最隐秘之处，但那些叶片也不曾休息。整个3月和4月上旬，狐色带鸫都在掠夺那些叶片，在赤腹鸫和北美红眼鸟用嘴喙啄动、用爪子抓攫叶片之前，叶片几乎不曾在狐色带鸫的小径上发出叹息，安顿下来短暂休息。这些鸟儿来到这里，是为了度过夏天的时光。大约一周之后，通常就在5月6日，逍遥自在的猫鹊（catbird）先生就会出现，它极力装出一副忙忙碌碌的样子。猫鹊也是一种密丛之鸟，却并不像北美红眼鸟和赤腹鸫，它所谓的耕作完全是一通胡闹。它仅仅是在北美红眼鸟和赤腹鸫的小径上四处闲荡，捡拾遗落的食物。无论这种密丛之鸟的名字是什么露丝，那都是它的名字。

在春天的林地，有一些歌手比赤腹鸫的歌声更美妙、更悦耳，然而我还不熟悉有哪种鸟儿嘹亮的嗓音会传播得如此之远，在我漫游的整个过程中，直到太阳高高升起，阳光从灌木丛上充分晒干露水的时候，赤腹鸫的嗓音还一直在我的耳际回响。偶尔，我不得不忘记它，甚至不得不忘记我在清新的美景上面欢乐的探寻——

从表面来看，灌木丛每时每刻都呈现出那样的美景。很重要的是观察一棵黄褐色的牧草地雪松，在整个冬天和春天，它都像修女一样端庄，看见它突然从头到脚绽放出花朵，仿佛就在你的眼前，完全被阳光覆盖，身披黄金的织物而现身。这不是一缕缕阳光带来的幻觉，也不是晨露发出的闪光，而是发自于这种植物本身坚定的内心丰富、华美的金色光亮。

去年10月我就想过，除了橄榄色织物上蓝色珠子的华美绣饰，其他一切都无法使雪松更美，牧草地世界的这些印第安孩子将其披上，作为冬季衣物。如今我知道，它们在5月的衣袍更可爱。无疑，它们就是正在显露出来的日子，这些牧草地雪松小小的花朵，然而，它们始终会抵达我在瞬间注意到它们的那个地点。它们时而黯淡而安静，时而又彻底沉浸在阳光中，随着一种更为亲切的魅力而泛起酒窝，因为那样的情况如此出人意料。

你可能会认为，那就是这种植物的叶簇色调，那随着好天气来临而呈现的更可爱的色调；你还可能认为有一种变化，但那只是从褐色转变成绿色。在冬天的严寒中，这些叶片赋予其绿色色调的叶绿素似乎遭到了分解，并穿上了浅褐色色调的冬装，但是，随着暖和的日子来临，叶绿素得到了改善，当这种新的变化闪现而出的时候，褐色就迅速让位给绿色。就在这小小的绿叶尺度之外，生长着千千万万金色与褐色的小穗，十几把金色的蘑菇伞，以四个为一组的轮生体，出现在它们周围。

这些花粉不到三毫米长，携带着穗儿，而一根根穗儿很快就会随风释放出小气球,那些小气球则携带着花粉粒飘浮到田野中,传授给那些甚至尚未发育成熟的雌花,但是,它们很大,在表面来看,大得足以在一个小时内就会发生改变,将岩石嶙峋的山坡的阴暗改变成令人惬意的光亮。如果你在5月的日子去拜访牧草地雪松,那你就得环顾四周,你可能看见那个地方会因为这种改变而变得明亮、快活起来。

在温暖的阳光爱抚之下,除了叶片本身蒸馏出的树脂香气所带来的愉悦,这些花朵就没有什么芳香了。这并不是那种给我散步以一个目标的牧草地雪松发出的气味。

落叶松(larch)并不是马萨诸塞的土著树木,但如果你种植它,它就会在这里长势良好,在通往牧草地的路上,这些松树排列在道路两旁,长长地伸出来。这些树都在新观念的脆弱之美中涌现而出。落叶松纯属针叶树中的骑墙派,在两派之间犹豫不决地玩弄诡计。刚出生时,它是地地道道的共和党人,而在后来的岁月中却又倾向于民主党。所以因为它结出的球果,它投票给针叶树;又因为它长出的叶片,它投票给落叶树。

有时候,我会割下一根落叶松的枝条,看看一年来这棵树的内部是否转向生长,我只是从不曾确定新季节的果实最终将是橡实而不是松果。你绝不可能确定这些中立派将以何种方式来让你惊讶。幸运的是,这些树木没有澳大利亚式的投票权,将根据它们的年产量来进行投票。如果它们拥有那样的投票权,那落叶松的产量究竟如何,便不可预测。

正如人们期待的那样，落叶松并非具有男子气概的树种，却展现出一种相当女人气的苗条之美。它们在这一年萌发的叶片刚刚长出来三分之一，因为它们羽毛一般的柔软而显得非常可爱，但是，更可爱的属于那些年轻落叶松的球果，它们沿着枝条生长，在叶片的嫩绿间没有柄，其半透明、深深的淡粉红色的圆形贝雕，让你想起一种超凡脱俗的小菠萝、一种草莓、一种雕刻在珊瑚上的僵直的花朵，三合一。

毕竟，我确信落叶松可能像其叶片令人愉悦那样，只要它们每年5月1日继续长出这些最令人惬意的球果，如果它们愿意，就投票给落叶树；而如果它们愿意，就会蔑视其针叶树的血统。这一年的花朵都无法呈现出更为卓越的美。

在我寻找那种悦人气味来源的过程中，我困惑了，那种气味诱惑我，似乎依然在变幻不定的空气中到处飘浮。在独木舟的帮助下，我划船沿岸而行，前往一个我所熟悉的小水湾，在一道粗糙的岩石堤礁后面，一个新月形的隐蔽之处进一步被脆柳（brittle willow）遮蔽，那些脆柳年复一年地努力，站在齐腰深的水中，勇敢而努力地长成大树。它们也几乎成功了：它们的树干谦逊地高耸起来，约有六米，一些枝条一年四季都在生长。尽管如此，它们纤细的嫩枝还是如此脆弱，以至于即便最轻微的触及，似乎也会让它们跟母树分离开来。当我在一条情况良好的礁石水道中划着独木舟，在这些枝条之间推进、掠过之际，我就从其中采摘下了一抱嫩枝。3月的大风竟然没把这些枝条吹断，真是让人惊奇。

驶过堤礁，漂浮在那纤细、平静的新月形上，我发现了一个充满生命的新月形世界。粗暴的波浪可能在外面翻滚，但是在这里面，只有最温和的波动才会让那镜面的倒影泛起皱纹。一阵阵风可能吹过来，但狂风很少会吹进来，远得不足以吹皱水面。在这里，太阳照耀在背上，我可以安静地坐下，如果我的进入最初打扰了此地生物的正常生活，那么这种情况很快还会继续下去。

然而，这里没有催眠的沉寂，就像这种在8月将用睡眠充斥小水湾的沉寂。逝去的4月可能让事物悄然无声，但那些事物却醒着。打破宁静的第一种声音，是来自我身边的一声扑通声，接着是龟壳在粗糙的岩石上发出的摩擦声和第二次跳水声。当我划着小船进来，靠近我的肘边，两只趴在岩石上晒太阳的星点水龟受到惊扰而跃进水中，就这样变成了潜水艇，从水底两块掩蔽的礁石之间默默地溜走，前往乌兹港[①]（Ooze Harbor）。这两只水龟本来一直在那里沉思和凝视自然，就像我自己计划的那样，让太阳照射到自己的背上，可以想见，它们如今多么憎恶离开如此舒适的消遣环境。我认为乌龟的大脑可以迅速运转，但其动作却缓慢得如同联邦政府。

在我的周围，生长着红树林一般的悬铃木（buttonball）树丛，它们没有露出绿色的迹象，而去年的绒毛绣线菊（hardhack）和绣线

---

①作者虚构的地名。

菊（meadow-sweet）的花朵探出褐色的头颅，俯身于那些悬铃木映在水中的倒影上面。这里呈现出悲苦的灰色与褐色。这个小水湾，难道就不知道四旬斋①（Lent）已经过去很久了？是的，因为这里也有枫树一直沿着水面散落红花，当我再度观察之际，我就看见了年轻的柳叶展现的灰绿色，正沿着那些脆弱的嫩枝的黄色树皮萌发而出。

在绣线菊和柳叶繁缕的褐色头颅下面，栩栩如生的叶片正在萌发，正如牧草地雪松似乎要在我的眼前灿然开花一样，在我观看之际，这小小的新月形水湾似乎也让自己披上了绿装。水下，还有各种多汁的药草刚刚出现，比如泽芹，其根出叶始于湖底，但随着夏季的水退却，这种植物又会繁茂地生长在湖边的泥淖之中。

一只豹蛙（leopard frog）在去年的芦苇根部鸣叫起来，发出了一种拉长了音调的温和的声音，堪比撕扯结实的棉布时发出的声音，虽然相比那种声音，这种蛙鸣要圆润得多，也令人宽慰得多，也许近得可以让人记住它的特征。雨蛙停止了鸣叫，林蛙不再呱呱作响，此时，它们都把卵产在渐渐暖和的水域中，返回了岸上的树林。我钩住水面下约三十厘米处的一根细枝，发现了一大片果冻般的物质，大如我的两个拳头，里面容纳着约一千枚池蛙（green frog，Rana clamitan）的卵——就在附近，无疑还可以发现雨蛙和林蛙的卵。这新月形的小水湾是著名的蛙类集合地，从现在起

---

①也叫大斋节，一般是从圣灰星期三到复活节的40天，基督徒视之为禁食和为复活节做准备而忏悔的季节。

的一个月，夜里将充斥着很多个物种喧嚣的鸣叫。直到你开始用耳朵搜索它们，你才会相信它们竟然会有那么多个种类。

一对知更鸟飞来，检查它们去年构筑在水上柳树中的巢穴，但我看见一只被留下来的王霸鹟（kingbird）已经将其据为己有，尽管王霸鹟不会在5月5日或6日之前回来声讨这样的巢穴，但这只王霸鹟却依然占据了那个空间。在面向湖岸的灌木丛中及其周围，一只沉默的黑白旋木雀（black and white creeper）上上下下地悄悄移动，暗中坚持不懈地捡拾剩下的食物，但也始终警惕着可能发生的危险。当那只鸟儿完成了搜寻，安顿下来午休的时候，这种警惕性也不曾有丝毫放松。为了便于警戒，它在一丛红桤木(red alder）黑与白的角度上选择了一个地点，那里看起来完全就像是木头上的一个瘤结。然后，它抖松绒毛，使之变成一团肥大的羽毛，似乎小睡了半小时，期间，它的脑袋每隔几分钟都要转动，先是朝这边，然后又朝那边观望，但身子一动不动。尽管这是一次短暂的午休，但那只鸟儿却睁着双眼睡觉，随时警惕着周边的动静。

翠鸟，始终是紧张时产生能量的例证，它在那柳树屏障外面轻轻地飞来飞去，在它那精力充沛的短短的鸣叫中，爆发出嘎嘎声。它还一度溅落到水里，当它再度从水里钻出来的时候，嘴里衔着一条幼小的银鲈。不久后，它又发出一声呼叫，越过山丘离开了，消失了一个小时。然后，两只翠鸟回来了，空中响起活泼、友好的鸣叫，那声音断断续续。但稍后，它们似乎就发生了争执，因为过了一会儿，最初那只鸟儿便再度形只影单了，它的伴侣消失不见了。接着，它就开始在小水湾上面高高地飞翔，来来回回，直到初升的月亮在天空上呈现出纸一般的洁白，而那只翠鸟白色的喉咙似乎是那月亮的姐妹。

此前，那只翠鸟所有的鸣叫都很短暂，但如今它一边飞翔，一边发出那种闹钟似的咔嗒声——那种闹钟声往往在幽灵般的时辰开始，不间断地持续，直到你最终在绝望中起床，将那破玩意儿扔出窗外。随着那只翠鸟离开远在小水湾一边的那个地点，它开始鸣叫起来，高飞之际还不停地持续鸣叫，只有当它飞落到另一边的地面上，它才停止鸣叫。它究竟要把这种持续的歌舞杂耍传播到哪里，我无法辨别。我以前从不曾听见翠鸟发出如此漫长而又从不间隔的鸣叫，但我认为那是一种遥远的鸣叫，是对那个业已消失的伴侣发出的。也许那个伴侣最终做出了回应，因为过了一会儿，它就离开了，我希望它是前去约会。

当我在沉寂中等着聆听那只翠鸟的回应，湖岸的一阵微风吹过我的肩头，带来了同样美好、令人愉悦的芳香，我在清晨就注意到了那种芳香，只是当时它在那希望一般微弱、缥缈的地方，如今它很浓郁，充满了让我可以实现的欢乐。在某种惊诧中，我回头去观望小水湾后面那片岩石嶙峋的沼泽，但如今我能看得更远，目光超越了那些镶嵌在沼泽边缘的桤木和枫树。

正如丘陵牧草地雪松的金色光亮似乎突然来临，仿佛在一个连接着电路的按钮的按压之下突然出现，将幻想的机器置于运转状态，内部的沼泽也突然因为山胡椒（spicebush）绽放出黄色的花朵而洒满了阳光。光秃秃的细枝到处绽放出簇簇花朵，其芳香令人陶醉，用6月丰富的梦幻陶醉了我所有的感官。

因此，逝去的4月的这个日子，太阳一整天都发出夏天十足的炽热，照耀在小水湾那平静的心中。从泥沼中，豹蛙用喉音打着它那梦幻般的呵欠；似乎在渴望中，山胡椒那浓郁、柔和的芳香笼罩了整个场景——即使在平静之际，那种渴望也令人陶醉、不安。在山胡椒的气味中，有一声对流浪者的呼唤，呼唤那个处于更野性的树林中的吉普赛人，在我们大家的心中，它找到了准备就绪的回音。如果它一年四季都开花，那就不会有城市了。

正当我尽量呼吸这种魔法的时候，一声温和的鸣叫从天而降，那是来自蓝天的唯一的鸟儿音符，使得我挺直地端坐着，急切观望。

一只迅疾的翅膀刺穿树冠上面的空气，那个音符响得更近，"克威特、克威特"，它带着透明的亲切感而发出，我所在这个季节的第一只家燕朝着湖泊平稳地滑行而下，以优雅的飞翔姿态掠过水面。5月是受欢迎的，唯有家燕温和的鸣叫带来的悦耳音乐才能引导它，在5月来临之前，其他一切都无法派遣更高贵的使者——而5月最高贵的使者，莫过于生机勃勃的牧草地雪松；其他一切也无法散发出那浓郁得愉悦感官的气味——5月最愉悦感官的气味，莫过于那为了表示敬意而带着阳光，把整个沼泽映照得发黄的山胡椒。

第 10 章　泥沼探索记

Bog Bogles

一只麻鹬振翅飞出来，在周围盘旋了一两次，仿佛它尚未决定要飞往哪里，然后就以一种方式歇落到泥沼下面的草丛中。在这里，它朝着这边又朝着那边转动了一阵脑袋，然后便低下它那颗树桩般的黑色脑袋，消失在视线之外。

在本卡蓬湖巨大的泥沼上，始终笼罩着一个神秘的幽灵。人类只是偶尔才会用脚步去打搅它那震动、下陷的表面。你可以在上面到处跋涉，甚至前往边缘，在那里，翻腾的苔藓对那几乎毫无稳定性的湖面让步，但是，要安全地抵达那里，你就必须对它了如指掌，否则你就会突然陷下去，变成泥炭中的一个节结，也许在1000年后被挖掘出来，放进博物馆展出。

　　因此，人类宁可避开泥沼，也不愿涉足进入，于是它就成了——也许我最好还是说它仍然是各种避开人类的胆怯的动物之家。如果本卡蓬湖的印第安人如此熟悉那些小动物——那成为他们的仙女的地精，那成为保护神的小小的神灵，那么就不足为奇了，尽管印第安人早已离开，但可怕的种族——印第安妖怪，仍在这里迟迟逗留不去。

　　这个早晨，在最为人迹罕至的地点，我认为我听到了那些妖怪的所有言语,尽管不同的动物稍后才出现,展露自己的嗓音,人们也会相信,对于他们,这些嗓音纯粹出自于高大的草丛,是为了做出毫无价值的保证。在一年中的这个时候,如果你乘坐一艘平底光滑的轻舟,勇敢地挤过那些你可能无法划过去的弯曲的通道,勇敢地压制那在你下面屈服的水草丛生的水面,那么你就可以抵达这个最为人迹罕至的地点。

这是一处泥沼边缘,它不同于那种到处构成泥沼镶锒的边缘,几乎看不见,你会惊讶梭鱼草原那千百万根密集的梗茎消失了,它们曾经举着大戟,形成外层防御,泥沼的前卫招摇的旗帜让它们变成了蓝色。

靠近泥沼边缘,当你划船穿过开阔的水域,如果你侧首从船舷边望过去,就会看见这一堆一堆展开的刀刃,它们勇敢地指向海洋那一边,几乎深达 90 厘米,毫无疑问,它们遭到了冬天严寒的屠杀,但它们的尸体却堆积起来,构成了一道防御的壁垒,今年,一些年轻战士将排成小规模冲突的战线,牢牢地伫立在这道壁垒上面。这些战士的细矛已经从湖底那灰白的纠缠物中伸了出来,向上竖起,很快就会刺破水面,渴望得到太阳这位陆军元帅的赞誉。

就在你划上去的那条小水道中,细微的潮汐来回流动,无疑是遭到了开阔的湖泊中起伏的波浪的驱赶,在这里,穿过幽暗的深处,一簇簇突出的褐绿色泥炭苔(peat-moss)向前滚动,如同俄罗斯风滚草在大草原上被风驱赶,一路越过南北达科他,以便在新的土壤中再度长出来。两边都是一片片岛状的草地早熟禾(meadow grass），在浅水中，你能看见睡莲的嫩叶构成的仙女花园，很奇妙，也最美丽，仿佛是某个园林设计师小心翼翼地种植的。

在各式各样庄严的远方，那些梗茎纤细、直立，有些仅有一二十厘米长，有些更长，它们从褐色的软泥中迅速萌发而出，直到其中一些早熟的梗茎铺展出圆叶，用其上部边缘给水面挠痒。这些叶片循着离奇的角度而生长，把一种愉悦的、爱丽丝漫游奇境的效果赋予这个花园。威尔士兔子和假龟有充分的理由手牵着手，沿着这些花园小径走来，要不然海象（walrus）和木匠就坐在这些护墙板装饰的叶片单调的阴影下面，相互交换诗篇。

但是，它的奇观毕竟还不是排列的奇异之美，而是这些叶片的色彩让人困惑的浓烈。它们当中，只有最微弱的绿色暗示。作为替代，它们发出一种天鹅绒般的深红的栗色，其色调或深或浅，柔和而又浓郁得难以形容。在很多地方，去年的酸果蔓对着泥沼形成了一条漂浮的珠子边缘，其血红色更加栩栩如生，却并不那么浓郁。确实，下一个7月生长的百合会如此美丽，但绝不会美丽得那么奢侈，或者那么充满奇异之美。

在水道末端，你会遇到一道甸杜构成的屏障，挡住了你朝更远处进发的去路，还用一种低矮的、不规则的树篱部分包围着你。我害怕自己给甸杜错误命名。我曾经认为它顽强而忧郁，但那是在4月下旬。现在已经是5月初，凭借泥沼中的地精施展的某种诡计，它去年的叶片依然依附着，不曾落下，其阴暗的色彩变得明亮，显现出一种真的很整洁的灰绿色，但在其整洁中又显得可爱，与此同时,在所有的叶片下面,在沿着拱起的梗茎上的花彩饰物中,有一朵朵小白花,看上去犹如垂吊着珍珠的绳子。

甸杜确实阴沉而忧郁!它就像一个置身于老迈的清教徒中的温和、灵魂纯洁的少女,那些老者为它安排初次进入社交界的聚会,其整洁的服饰仅仅平添了其灵魂之美,那种美透过它的躯体而照耀,在珍珠里面明显地表现出来。情侣们早已围着它嗡嗡作响,它们愉快的哼唱犹如轻拨琴弦的乐器声,在这片栖居着仙女的寂寥的土地上,那声音被暖和的微风如同扇形一般地展开。在这里,我看见这个季节的第一只大黄蜂(bumblebee),从表面来看,它待在这外面的野花中间,比稍后待在草坪上的白三叶草(white clover)里面要聪明。

甸杜的花朵整洁而明确地排列,如此封闭地悬挂在长长的绳子上,以至于它要遵循一条直路,也许那样有助于保持它的智慧。这里有很多蜜蜂,给它的巴松管增添单簧管,而很多野蜜蜂,也把彩虹色的胸膛和翅膀的闪烁带给这首交响曲,还带来了它们奇特的音调。我敢说,膜翅目昆虫学家凭借听觉和视觉,便会了解每一只蜜蜂。

在这片混乱的泥沼仙境中,在每一片云悄悄遮住太阳之际,使我这一年一直在思考其歌声的雨蛙,异口同声地吹奏起了笛子;豹蛙嘶哑、做梦似的打呵欠的声音,在十足的阳光下无处不在。天气越是灼热,它们就越是喜欢,在一天中最明亮的时段,它们把呵欠分割成短短的词语和措辞,发出一种最像语言、喋喋不休的急促之声。

当然,我无法看见豹蛙举行的这场和平大会,只能证明那听起来就像是它们发出的声音。那也很有可能是地精的声音,对我的出现说三道四,疑惑白人现在是否正在前来,将它们从泥沼中最后的据点驱逐出去,就像白人那样,再次驱赶它们和那些看得见的印第安人,从湖泊周边崎岖的山丘和多沙的平原驱赶出去。确实,当我一个又一个时辰静坐在这片微型的荒野中,我碰巧就听见了很多奇异而无法分类的声音,据我所知,那些声音可能是小仙子或蛙类、女妖精或鸟类所发出来的。

我开始看到阳光的闪烁,那是从四周长满草丛的岛屿上反射出来的。那就像前一夜某个真实的人在这里举行过隆重的狂欢节,把黑色的空瓶乱扔到干燥的地点。但是,再看第二眼,却显示那些所谓的空瓶原来都是些星点水龟,它们端坐在水平线之上,每一只水龟都昂着头,仿佛特别希望阳光的暖意照耀到自己的喉咙上。在这样一个日子,你有充分的理由去羡慕水龟,因为它把所有的骨头都翻转到外面来晒太阳。对于它来说,很容易让春天的阳光真正照进自己的骨髓。

水龟,尽管有随着春天热情的诗而激动起来的颂歌,宣称"我们的土地上听见水龟的嗓音",但它通常也被认为是沉默的。讲解员小心地宣布所提到的水龟,是在春季的欢乐中咕咕鸣叫的斑鸠。可能是那样的,但我不了解他们是怎么知道的,因为博物学家还有《圣经》注释者同样都否认水龟有嗓音,尽管如此,水龟确有嗓音,还有一支属于自己的歌。

一只突然被摇晃的水龟，会发出一声奇异而细微的尖叫，同时猛然缩进自己的外壳。这种情况很常见，但是，这一天有两只水龟端坐在附近的草丛中，吹奏出一支微小而悦耳的春天之歌，那仅仅是一种柔和的颤音，就像蛙类的声音一样不同寻常，却又截然不同。我听见了那种声音，最初以为那是雨蛙发出的颤音，但那种声音超越了颤音，音质根本就不同。正如我要尝试的那样，我只能确定这奇异的小小的歌声就在这两只水龟的喉咙里。我小心翼翼地把一只水龟从它的栖息处吓走，一个颤音就停止了，接着我又吓唬另一只水龟，于是两个嗓音都沉寂了下来，尽管在沼泽中，我到处都能听见其他声音，但水龟的声音却消失了。可能就在那边的沼泽雪松的阴影中，地精用口技来捉弄我，它们还为自己开的这个玩笑而窃笑，然而，如果不是它们的窃笑，那我就确信自己见到了水龟在歌唱，还确信所罗门①（Solomon）不仅知道它在谈论什么，而且它所说的话完全具有意义。

正当我侧耳倾听那两只水龟，对它们的声音感到惊奇之际，我就不断听见从金钟柏（white cedar）中间传来最蛮横、沙哑的亵渎声。那种以喉音嘶哑的抗议而怒骂出来的亵渎之语，越来越频繁地传过来，直到那两只水龟都沉入泥沼根须下面被湮没的遗忘

---

① 古代以色列国王，以智慧著称，他在位期间大力发展贸易，以武力维持统治，使犹太王国达到鼎盛。

之境，我听到至少有两个抗议者发出了最恶毒的语言，这证明一场粗野的争吵正在发生。我能辨别出其中有指责和反驳，直到那声音听起来就像是一场家庭争吵，发生在喝醉了的沼泽妖怪之间。

然后，传来了不断击打的声音，随着一阵夹杂有最草率的话语的疯狂尖叫，一只麻鸦振翅飞了出来，在周围盘旋了一两次，仿佛它尚未决定要飞往哪里，然后就以一种方式歇落到泥沼下面的草丛中。在这里，它朝着这边又朝着那边转动了一阵脑袋，然后便低下它那颗树桩般的黑色脑袋，消失在视线之外。我早就知道麻鸦厌恶人类，但我以前从来不曾意识到它的脾气竟然如此暴躁、如此亵渎。我敢肯定，它在殴打自己的妻子，而整件事情听起来就像是一个喝了过多的泥沼威士忌而发生的案例。

一个小时，这只麻鸦都没露面，也没发出声音，尽管在它那混乱的飞翔中，粗俗的对话似乎依然继续传过来，但我却再也没听见那种亵渎的话语了。然而，从泥沼的腹地，不时飘来一些古怪的声音，时断时续——我常常难以确定究竟那是什么已知的动物发出的声音。尽管空中充斥着普通鸟儿的声音，但我要说的并不是这些声音。这就好像是所有小小的候鸟都让此处成了沿途歇落的港口或庇护所，用音乐为自己的安全付出代价。从雪松和甸杜密丛中，一只只莺用颤音发出不同的音符，一些莺大胆地靠近我，而其他莺则仅仅闪烁翅膀或摇动细枝，以此来显示它们存在的迹象，还有一些莺则依然看不见，却发出了美妙的歌声。

鸫和猫鹊，歌带鹀和棕顶雀鹀，山雀和旋木雀，全都在发声，它们的声音充斥了空气，但我聆听的并不是这些鸟儿的歌声。这种哀鸣和咕哝声相当模糊，从泥沼深深的腹地传过来，很可能就像越来越高、越来越近的小妖精的交谈。接着，在一会儿之后，我就听到了溅落声，从一片杂草丛生的浅水区那清晰的空间里，一只闪耀的、体形硕大的麝鼠（muskrat）走出来，而另一只体形相仿的麝鼠则紧随其后。在这个比武场中央，两只麝鼠面对面相持，在争吵了一秒钟之后就相互靠近。

这几乎难以称为科学的战斗。它们击打、抓扒、顶撞、搔挠、咬啮，就像热切的狗一样呜咽，偶尔还发出痛苦的吠叫。但这很有效，就在几分钟之后，其中一只麝鼠看来是受够了，便转身逃之夭夭，转过浅水处，犁开一道笔直的垄沟，逃进一个深洞。后面那个得胜者紧追了一两米，然后仿佛确信对手真的退却了，便骄傲地转身回来，很可能回到了那只引发了这场争端的雌性麝鼠身边。麝鼠原本是多么温和的动物，因此我为目睹这样的打斗而感到吃惊，但是，即便在泥沼腹地，恋爱事件也是严肃认真的。我偷听沼泽妖怪的部分交谈，在雪松的绿意后面那神秘、怪异的深处，这样的交谈依然在其他麝鼠之间继续发生。看起来，我们似乎不该为这一切而去指责它们。

随后，我想起了那只消失的麻鸦，便划着小船，开始朝它消失的那个泥沼区域驶去。它很可能因为后悔自己恶劣的举止和亵渎的行为而自杀了。它就应该自杀，但它终究在生气。我认为它为此事而感到如此糟糕，以至于它通常的机警性都出了问题，因为当我几乎快从它身上碾压过去的时候，它才看见我。它当时可能正沉醉于恍惚之中，但我宁可相信它是在懊悔、自责。

当它看见我的时候，它的沮丧和惊恐显得多么滑稽可笑。就在它振翅起飞的时候，它还差点儿跌倒，它振翅飞回那争吵还在继续的地点，那里不断发出"救命！救命"的狂野抗议——那声音像任何语言一样都能表达明白。为了回应这狂热的呼吁，另一只麻鸭从雪松中间飞出来，紧接着是另一只。我观察那三只麻鸦振翅飞到泥沼下面，看见它们一起歇落在一段安全的距离之外。然后，我了解了引发这个麻鸦家庭所有麻烦的原因：泥沼世界就像牧草地世界和深深的树林一样，在一年中的这个时候，充满了极乐的交配行为，但也充满了伤心的嫉妒和进行到底的争斗。难怪地精和沼泽妖怪就在那后面喋喋不休、兴奋、激动地交谈，那里有足够的食物来散布这些流言蜚语。

在这个新的泥沼区域，我静静地坐在小船上，奇怪地感到自己被冷酷地注视着，但我无法辨明究竟被什么注视着。我读过旅行者在非洲丛林中经历的故事：他们感到潜伏的大蟒蛇恶意的眼神落到了自己身上，而那种动物本身却隐藏着，根本看不见。这与我现在的情况有点儿相似，我忐忑不安地四处观望。或许泥沼的噪音令我不安，该回家了。随后，我从小船的一侧瞥了一眼，紧接着就差点儿从另一侧跳出去，因为就在那边，在一个巨大的角状脑袋上，有两只冷酷无情的眼睛，大得如同我的双拳，正仰望着我。

为了哄骗自己，我一直幻想自己听见了泥沼中小动物的声音，但这里有一条大龙，它本身就是真实的魔鬼，正在泥沼草丛中一大片仙境般的土地上晒太阳，晒着它那黑色的躯壳。在它更远的一端，我看见了它的尾巴，硕大得就像我的前臂的上端，上面布满短吻鳄一般的皱纹，从尾根朝尾尖逐渐变细。我看见它那有蹼的大脚，硕大得就像我的手，上面长着爪子；我看见它那粗壮的脖子。那就是我看见它的一切，其余的部分都隐藏在一大堆有铠甲、角状的黑色外壳之中，而那个外壳真不小，从一边到另一边约有35厘米，从前面到后面约有40厘米。我测量出这样的大小之后，就判定它不想立即把我吃掉，也许根本就不会吃掉我。

鳄龟（Chelydra serpentina, snapping turtle），就像人们有时称呼它的那样，很合理，因为除了它的外壳，它很像短吻鳄，在泥沼中很寻常，但我以前从未见过这种动物的外形如此巨大、如此古老。随着岁月的流逝，它那黑色的外壳被磨损成了灰白色，上面留下了两道深深的伤痕，那是由某种锋利的器械，很像是长矛猛然刺进了它的脖子而留下的。我怀疑刺进它的身体的长矛属于印第安人，我完全相信自己看见的泥沼中这条黑色的龙——这只水龟，早在白人看见本卡蓬湖之前就已经成年了。

在它的外壳构造上，有两道平行的背脊，似乎被磨损得很厉害，仿佛这只水龟曾经背负过重物。印第安人有一个传说，讲的是世界就被驮在一只巨龟的背上。这个说法很好，这就是那只巨龟了。在泥沼中最偏僻的地点中央，在我查看它之际，我就在它那泥泞、巨大的黑色构造上看见了摩擦的痕迹。

我猜想，我可以抓住那只短吻鳄的尾巴，将这个六七十公斤重的大家伙拉上小船。龟鳖类动物很有价值，鳄龟是龟鳖类动物的表亲。可是我想象，要是它真的进入小船，那我就应该从船上下去了——本卡蓬湖的普通小船不可能承受我们俩的重量，因此我明智地打消了那样的想法。它也没有骚扰我，却伫立在地面上，依然用那种冷漠、批评的眼神凝视着我。过了片刻，它就继续前行，安然地推动它那巨大的身体，越过被压碎的泥沼地的草木，带着尊严滑向下面，进入一条开阔的水道的泥泞深处。

我则掉转船头，朝着远处的登陆点前进，就像那只鳄龟一样，在那让路的浅水上划过，前往开阔的湖泊。在孤寂的沼泽中，我看见了上百处美景，而且开始充分深入它的神秘。对我来说，我经历了星点水龟的歌唱、麝鼠的比武，还有麻鳽的家庭争吵。如今夜幕降临了，泥沼中那只年迈的巨龙用目光打量过我、查看过我。如果我盼望回家，那现在动身就正是时候。

第 11 章　垂钓鳗鱼

Bobbing for Eels

突然，那条鳗鱼放弃了逃脱的希望。它依然挂在鱼漂上，猛然跃入空中，那高度如同鱼线的长度，在高高的空中画出一个圆圈，圆圈的中心就是渔夫的双脚，最终落到草丛中，男孩们猛扑上去……

很幸运的是，蚯蚓天生就没有嗓音，要不然现在整个大地上就会回响着它们悲哀而尖叫的大合唱，因为大约在此时，蚯蚓遭到大量肢解，这样就好极了。临近的夏天带来同样的温暖，一夜之间就让草丛猛长了15厘米，也让蚯蚓在一夜之间就大量生长出来，因为蚯蚓喜欢黑暗。

我知道，达尔文认为把这种动物称为蚯蚓更合适，但是，据信达尔文不是渔夫。如果他是渔夫，那么他就会知道这种虫子的主要用途是作为鱼饵。相比这些稍稍细弱的霉菌的隐士，也许有更好的东西能成为鱼饵，但即使有更好的东西，鱼类也不会认识，并且仅仅在5月15日，如果这样的东西就是付出的代价，那么只有极少数垂钓者会将其无价之宝给予鱼儿。因此可以说，蚯蚓成为土壤栖居者且无处不在是幸运的。无疑，人们可能用其他诱饵来捕鱼，当然还有蚱蜢，尽管在一年中的这个时候，人们并未考虑使用蚱蜢。人造苍蝇和诱饵形形色色,匙形拟饵钩和其他垃圾发明物,这些玩意儿极少被说到,而其中一些确实糟透了。

在幸运的春天,4月的阵雨会连绵地持续到5月,最终才朝着北方匆匆离去,唯恐夏天在这里捕捉到它们,让6月湿淋淋一片。如今,这些阵雨中带着夏天那种诱惑性的温暖,在芳香四溢的夜晚,当它们倾洒而过的时候,它们就创造出各种奇观。那些正开始生长出来的草木突然呈现出一种爆炸性状态。一夜之间,我的樱桃树似乎就爆发了。我们愉快地注意到,两天前,草丛确实很碧绿。今天早晨,草丛在风中不断摇曳、飘动,我确信,照这样发展下去,到明天,草丛中就会挤满刺歌雀(bobolink)和割草机了。昨天,你能透过林地看得很远,而今天,林地则布满了它所展现的绿叶,沿着那开始变得多荫的林地走道,逃避的橙顶灶鸫(ovenbird)在大叫"老师、老师、老师、老师",时刻都在相互警告:自己听到了小径上有人类走动的脚步声。

最初的蜻蜓飞来了,在林地中的一些地方,那些可爱的褐色小蝴蝶到处疯狂地飞掠。难怪那些弄蝶通常以"飞掠者"而闻名。我今天看见的这些蝴蝶,多半是山地弄蝶,在小径的褐色泥土上,当它们从某一根倒下的黝黑的树枝上,于无形之中迅速消失不见,它们会挑战任何追踪它们身影的机警的目光。它们似乎随心所欲地时隐时现、来来往往。我之所以称之为褐色,是因为如果你有机会看见这样一只歇落的蝴蝶,那么你就能看见它们呈现出褐色。你可以凑得足够近,去看见那前翅上美丽的带着黑色环形的浅蓝色斑点，还有后翅上那两排黄色斑点。因为那一切，山地弄蝶在飞翔的时候，从表面看起来黑得就像你的帽子。也许那就是它如此容易消失的原因。你在寻找一只黑色蝴蝶，而你看见的则只是一小片褐色的树皮或者树叶。

达尔文确信蚯蚓——正如他所称呼的那样，对于人类具有不可估量的价值，他引证蚯蚓怎样在霉菌上工作，并使其松动，好像在对土壤进行耕耘，因而让未来的种植者能够享受到大地的成果，为了人类的利益而平整土地，以各种方式劳作。但是，在把蚯蚓用作垂钓的鱼饵这一方面具有不可估量的价值，达尔文却从未说过一句话。因此，就连我们最伟大的科学家也常常无法解释事物的真实价值。达尔文很可能从不曾有机会在新英格兰的湖泊中垂钓鳗鱼。如果他垂钓过，那么他就可能把这些虫子仅仅视为虫子，因为直到一个人渴望事物的时候，他才能真正了解它们。

在冬季，蚯蚓深入地下，远离了那可以将其冻死的霜降的侵害。它确实对寒意非常敏感，只有在太阳晒暖大地的时候，它才会来到地面，享受舒适的生活。它在5月的月亮下面出来，有时会离开自己的洞口，远远地漫游，去寻觅朋友或探索新的国度。在潮湿的清晨，你常常会发现体形硕大的蚯蚓卡在混凝土人行道上动弹不得，要不就困在道路干燥的尘埃中孤立无援，成为早早飞临的鸟儿手到擒来的猎物。

但是，这些喜欢冒险或者不走运的蚯蚓只是极少数。其实，很多蚯蚓整夜都从洞口远远地伸展身子，而它们的尾巴却依然钩在门柱上，因此一旦遭遇危险或感到危险迫近，它们便能迅速退回到安全之处。在暖和的夏夜，垂钓者正是利用蚯蚓的这种习性来捕捉它们。知更鸟也了解这一点，这种鸟儿往往会一边兴高采烈地唱着晨歌，一边频频越过草坪，在断断续续的跳跃之间，朝一侧注视草丛，那些欢闹一夜而迟归的蚯蚓还来不及躲藏，便被捉住，知更鸟以这样的捕猎行为来为自己的歌唱增添情趣。知更鸟通过后颈的力量来捉住这些蚯蚓，正如人们所说的那样，是挺起脖子用力将蚯蚓从地洞中拖拽出来的——尽管那些蚯蚓伸展身子予以抵抗，却无法逃脱被吞食的命运。

　　因此，由于知更鸟采用这种罪孽深重的捕猎方式，而即便是合乎正道，或更确切地说，是直截了当的方式，那些蚯蚓也打算温暖、舒适地隐藏起来。知更鸟善于发现和捕捉，因为它的眼睛很敏锐，嘴喙也足够长。蚯蚓，在夜间的欢乐或劳动结束之后，便会撤退到自己的地洞中，但距离常常并不很远。它们喜欢后仰脑袋而躺着，刚好让猎手们看不见，却足以靠近地面，以便把身子晒在太阳的暖意中。

　　一些蚯蚓顺着地洞的外端而排列，树叶让它们免遭泥土的潮湿侵袭，从而进一步让自己享受温暖。还有一些蚯蚓，在退回地洞的过程中，把树叶和细枝也带了进去，那些枝叶就这样跟着它们进了洞，这一点正如谚语所说。一些蚯蚓仅仅在洞口周围堆积小石头，状若蚁冢。在沙砾铺就的步道上，这些微小的土堆常常被认为是勤劳的蚂蚁堆积而成的。知更鸟在跳跃之际，会捕捉到很多蚯蚓，难怪它那栗红色的正面隐隐出现，浑圆得就像南瓜，大小也几乎就像南瓜。

捕获蚯蚓的方式有很多种，在捕获它们之后，还有很多种利用它们的方式，但是需要大量蚯蚓的人，为了模仿知更鸟，会干得很漂亮——他不在白天行动，而只在夜间捕捉。当然，你也可以拿着铁锹外出，在花园中可能有蚯蚓存在的地点挖掘。这种方式虽然很粗陋，却通常也能让你满意。然而这样做，挖掘到的蚯蚓很可能数量并不多，种类和体形大小各异。

我曾经认识一个人，他常常利用撬棍猛戳，从而寻找蚯蚓，观察他的动作并看见其收获颇丰，是一件令人相当惊异的事情。蚯蚓的听觉很拙劣。的确，它并无大家所说的那种普通意义上的听觉，即便是玛丽·加登[①]（Mary Garden）在它的洞口歌唱，它也浑然不知；苏沙[②]（Sousa）用50种乐器——数一下，是50种——演奏的最好的进行曲，可能就在它的脑袋之上的音乐台上演奏，它也不会感到一丝震颤。它所获得的唯一声音，就是附近的泥土中的压碎声和挖掘声。它之所以能感到这样的声音，那是因为它是挖掘觅食的鼹鼠（mole）的主要食物，对于它，那种声音仅仅意味着一件事——它正在被鼹鼠挖掘。因此，每当蚯蚓听见撬棍在下面的沙砾中扭动，吱嘎作响，它们就常常会纷纷逃亡到地面上。

---

① 苏格兰女歌唱家（1874—1967），以歌剧女高音而闻名。
② 即约翰·菲利普·苏沙（1854—1932），美国著名作曲家，以创作进行曲见长。

这个人在扭动撬棍的时候，还始终吹着口哨，吹出一种怪诞的小调。他声称自己是在召唤蚯蚓，而那些蚯蚓匆匆涌向地面，围绕着他的脚而爬行的方式，很像是被一种魔术所吸引。不过，大多数人采用这种方法会徒劳无功，这不仅需要撬棍的奇特运动，还需要很好的眼力来确定虫子所在的地点，最后，只有极少数人才知道那种小调的秘密。

在夜幕下捕捉的方式和知更鸟的捕捉方式最佳。在潮湿的夜晚，等到天色完全黑下来的时候，把一盏提灯挂在你的脖子上，在一处杂草丛生的路边跪下去。那些虫子根本看不见，它们对光并不敏感。你只是得悄悄地向前爬行，迅速将其抓起来，因为那些虫子能感觉到你的运动，而且会以一种令人吃惊的敏捷退回到地洞中，所以你的动作一定要快。

一个合适的5月的夜晚，在马萨诸塞一个村庄的路边，我看见的景象就超越了这样一种奇观。一个来自大千世界的陌生人，看见一个很胖的人在路边爬行，脖子上挂着一盏提灯，到处狂乱地轻拍，把肥大的虫子拖拽出来，而那些虫子进行抵抗，勇敢地坚持着，就像红色的橡皮筋那样伸展，因此我们有充分的理由说，这里正在举行巫毒教的膜拜仪式，要不然就是一头驴开始发疯了。但事实根本不是那样——这只是当地高明的渔夫在获取鱼饵。

我曾在艾萨克·沃尔顿[①]（Izaak Walton）的著作中寻找他

[①]英国作家（1594—1683），以《高明的垂钓者》一书而闻名。

对蚯蚓的赞美歌，或者寻找一种他对垂钓鳗鱼的恰当方式的描述，却徒劳无功，因此我发现他的《高明的垂钓者》(Compleat Angler)一书并不完整。尽管如此，在艾萨克的那个时代，从英格兰相当耐心而保守的方式上来说，他是一位令人敬佩的渔夫。他提出忠告说，垂钓鳗鱼的鱼饵"要少，要很少，有些人称垂钓七鳃鳗(lamphrey)为一种骄傲，而且在灼热的月份，在泰晤士河(Thames)与其他河流大量的泥堆里面，会发现很多鳗鱼，是的，这几乎寻常得就像你在垃圾堆里发现虫子一样"。

他应该见过美国人用鱼竿和鱼线来捕捉鳗鱼，在鱼线的末端系上一大块虫子填料，根本没有鱼钩，因为这才是"鱼漂"，这样的情况正如我们在诺福克县(Norfolk County)所了解到的一样。制作鱼漂，对于蚯蚓来说可不是一件愉快的事，蚯蚓似乎生来就要遭受毁灭，要捕猎它的动物如此之多，我对达尔文的保证感到高兴——他断言，尽管蚯蚓被揪断的时候还在蠕动是事实，但它们几乎没有良好的知觉和感受，因此就没有遭受多少痛苦。

这位高明的渔夫身材如此结实，曾经在夜里凭借提灯的光亮来获得鱼饵，我的记忆涌向他，想起他始终用鞋线来制作鱼漂，因为这种线很细，且强度极大，因此他很喜欢使用。他拥有一种长长的金属针，就像装饰业者使用的那种针，他会熟练地用这种针把肥胖的蚯蚓从头到尾地串起来，然后将它们一下滑到那根鞋线上，直到在那根长约3.66米的鞋线上串满蚯蚓为止。然后，他将其末端系在一起，卷绕成一卷大如他的双拳的线圈。那悬挂在他的鱼线末端的东西，就是他为一夜的垂钓所需要的一切。

其使用的方式是这样的：首先，选择一个适合垂钓的夜晚，那种夜晚的条件就是，天上有望下起柔和的雨，而带来这种柔和之雨的风，仅仅从南方叹息般地轻轻吹过树木。风太多、太大则很糟糕，因为风会吹皱水面，以至于鱼儿们不能发现你的诱饵。相反，一阵非常轻柔的涟漪则大有帮助，因为它会开辟一条从你的篝火堆闪现而出的光芒的舞蹈的途径，沿着这条途径，鳗鱼就会追踪你，来到那个悬挂着鱼漂的特别地点。

那个身材结实的渔夫曾经常常至少带着两个男孩一同前往，男孩们会帮助他捡拾干柴，喂给篝火，在其他方面也很有帮助。然后，在堤坝上准确地挑选出最有利的地点——在那样的地方，黑暗的、深深的水域肩负着堤岸，天色完全黑下来之后，他便会生起篝火。和其他很多人一样，我也为那种燃烧的旧式雪松栅栏的消失感到遗憾。可恨的铁丝网可能更廉价，但谁又听说过花钱来培育、托付给金属丝的围栏材料来生篝火呢？如今，种类恰当的篝火材料很罕见了，我只能感到目前这一代人的青春注定是没有结果的岁月。

充分点燃了篝火，把容量约为18升的深深的篮子放在手边，渔夫便会将鱼线牢牢地系在那根长长的、轻盈、柔软而强劲的桦树杆上，将那个大鱼漂远远地抛出去，随着一声响亮的声音溅落到水中，让它沉下去，直到距离水底30～60厘米才收住。至于在黑暗的水下，鳗鱼会在多远之外看见忽闪的篝火，像夜间的蛾子一样被吸引过来，围绕那光亮而游动，这一点我还无法确定，但是我认为那种距离很远，因为在条件有利的夜晚，湖泊中所有的鳗鱼看起来似乎肯定都会被吸引到那边。我知道，没有燃起篝火而钓鱼，也许你也能捕获一两条鳗鱼，但绝不会捕到很多——用最干燥、良好的老雪松栅栏生起恰当的篝火，在熊熊的火光吸引之下，大批鳗鱼就会主动游过来靠近你。

在南美的水域中，有一种电鳗，当它被触及的时候，它能发出强大的电流对触摸者进行电击，但我认为，所有的鳗鱼肯定都带电，要不然，那些潜伏在湖岸之外深水中的鳗鱼，在用鼻子拱动鱼漂的那一刻，为何能穿过几米的鱼线，同样也穿过桦树鱼竿对你的手进行电击呢？它在你的手掌上产生了麻刺感，实际上相当于那种遵照医嘱而进行的电疗，因为它会用一种生命的兴奋、神经和一种不可思议的活跃来让你颤动。

面对鱼漂和鱼钩，鳗鱼远非那么小心谨慎。它轻轻咬动，这就是第一次电击；它大口咬动，这就是第二次电击，而且更强烈，然后它紧紧地咬住不放。现在，我能看见那个身材结实的渔夫，火光闪烁在他粗糙的脸上，他把双脚宽宽地前后展开，牢牢地站立在地面上，把体重充分压在后面那只脚上，同时双手宽宽地前后握着鱼竿，整个姿势就像一头狮子蹲着准备后空翻。

在鳗鱼轻轻咬动的时候，他的脸就开始抽搐，在鳗鱼大口咬动的时候，他的双膝就开始弯曲，然后随着鱼线如同小提琴弦那样绷紧，鱼竿末端迅速向下弯垂。鳗鱼紧紧咬住了鱼饵，它那倒钩状的牙齿纠缠在鱼漂的线上，那身材结实的渔夫的体重远远地偏移到了其支撑点后面。如果鱼线断裂，那么渔夫的脖子也会断裂。

很多人对我喋喋不休地空谈，他们谈到打高尔夫球时的姿态和摆动、选址和保持攻势。那些词语被流畅地使用，但我怀疑他们是否了解真正的意义。无论那是什么，它都适用，而且还更多，适用于正确地垂钓鳗鱼。那是一次敲响至高无上的钟声，来唤起你的活力与个性的所有力量。鳗鱼相当确切地凭借牙齿表层继续坚持咬住，它在湖泊的部分区域环绕游动，摆动尾巴，似乎把尾巴拍击出了水面。此时，鱼线歌唱起来，那根桦树鱼竿几乎弯曲成了对半。这是在瞬间就会赢得猎物的问题，但鞋线非常坚韧，那个渔夫的身材也如此结实。

突然，那条鳗鱼放弃了逃脱的希望。它依然挂在鱼漂上，猛然跃入空中，那高度如同鱼线的长度，在高空中画出一个圆圈——圆圈的中心就是渔夫的双脚，最终落到草丛中，而那渔夫根本不顾所有的重力法则，不可思议地将他那113公斤的体重转换到垂直的姿势，脚步却纹丝未动。玩高尔夫球好倒是好，却无法与之媲美。如果那渔夫像埃阿斯[①]（Ajax）挑战闪电那样保持姿势片刻，那么他就该稍稍受到责备了。

[①] 特洛伊战争中的勇士。

现在，轮到男孩们上场了。在古典文学描述的某处，亚述①（Assyria）人就像狼降临到羊圈上一样猛扑下来，男孩们也因此猛扑到那条在深深的草丛中徒劳而有力地拍打、跳动和扭动的鳗鱼身上，将其捡拾起来，猛然扔进那个深深的篮子，而那条鳗鱼刚刚才离开那个强有力的圆圈，渔夫又将另一条鳗鱼拉扯了上来。鳗鱼十分狡黠，即便紧紧咬住了鱼钩，也常常能够逃脱。我从不曾了解那些逃脱了鱼漂的鳗鱼。有时候，那渔夫几乎满载而归，带着那容量约为 18 升的篮子回家。至于鳗鱼的大小，我就不想说了，只可惜小鳗鱼似乎不会咬鱼漂。在这方面，我要引用艾萨克·沃尔顿的话，他在对鳗鱼进行打理和烹调给予了出色的指导之后，还这样说道："当我去如此打理一条鳗鱼的时候，我就希望它身子很长、体形很大，就如同 1667 年在彼得伯勒河②（Peterborough River）中捕获的那条长达 1.6 米的鳗鱼。"对于他的话，我只能补充说，为了捕获比我们的新英格兰的鳗鱼还大的鳗鱼，我要挑战老英格兰。

---

①历史上位于西亚底格里斯河流域的古国。
②位于英格兰东部。

第 12 章　消失的夜鹭

The Vanishing Night Herons

夜鹭的一天通常始于黄昏，结束于日光涌现之际。它的眼睛具有猫头鹰那样的夜视能力，能够穿过雾霭和黑暗寻找路径、觅食……一只夜鹭每年必须消耗数量巨大的鱼，但既然如今其数量已寥寥无几，那么鱼类肯定就更加丰富了。

自从我在大白天看见黑冠夜鹭（black-crowned night heron）以来，时间已经过去很久了，这种鸟常以"夸克"而闻名，要不然就是异教徒用嘲弄的方式来对其命名的。在我看来，科学家也加入了这种嘲弄的行列，因为他们将其称为"黑冠夜鹭"，那是用它的语言来进行诽谤。无论如何，它听起来就像那样，词根显然相同。

然而，就在昨天的光天化日之下，我看见两对夜鹭从阳光明媚的天空中飞临下来，落到湖边的一棵树上。在白天的强光下，它们看起来浑身洁白。我起初疑惑是不是有四只雪鹭（snowy egret）终究没能逃脱羽毛猎人之手而飞到北方的安全之处。尽管雪鹭曾经迷途到北方，偏离出那么远，很可能我再也不会看见它们。即便是以往习惯于在这一带数以百计地一起筑巢的夜鹭，如今也很罕见了。

我猜想，如果鸟类必须一一灭绝的话，那么跟任何其他鸟儿相比，我们最无法承受的就是失去夜鹭。尽管这四只夜鹭宏伟地降临到湖边的树上时，显得非常美观而堂皇，但它们在外观上也确实美丽无比。它们的嗓音并不悦耳，"夸克"只是一个叫起来方便的词而已。它应该由语言中最粗糙的辅音来构成，用沙哑的活力匆匆拼凑在一起，这样就更为合适。它发出的声音听起来更像"华兹夫克"，从一片潮湿的云中射入泥淖。夜鹭在沼泽和湖泊上空结伴飞翔，声音一度听起来就像女巫在召唤，在骑着扫帚飞行结束的时候，穿过潮湿的幽暗降临下来。莎士比亚曾经给一个女巫西考克拉斯[①]（Sycorax）命名，他可能嘲弄过夜鹭。

今天，我看见了这四只夜鹭，便走到下面，走到那以往曾经是夜鹭时常出没之处，虽然我仔细观察，却徒劳无功，竟然没看到它们的一丝踪迹。这是它们筑巢的季节，巢穴中应该有正待孵化的蛋，或者有那些正待生长得硕大而难看的雏鸟，它们的巢穴脆薄得异乎寻常，迎着天空的蔚蓝色，透过那松弛地编织起来的嫩枝，你能隐约地看见那些鸟蛋呈现的蓝色。可惜的是，我没有找到这些，那曾经栖满夜鹭的大雪松一派孤寂。

曾几何时，在每棵树上，大约在距离地面三分之二处，总有一个巢穴，一只大夜鹭就栖息在树端进行警戒，或者在巢穴中骑

[①] 莎士比亚名剧《暴风雨》中半兽半人的怪物凯列班的女巫母亲。

跨于蛋上面进行孵化。对于我，这长腿的雌鸟怎样才能栖息在这松弛的巢穴上面，没有将其压碎成几大块，把那五厘米长的蛋扔到泥炭苔上摔坏，这些依然都是未解之谜。但它能做到这样，雏鸟孵化之后就这样做——有时会有六只雏鸟，巢穴在雏鸟离开后留下来，就是这一事实的证据。大多数鸟巢是建筑奇迹，黑冠夜鹭的巢穴似乎是一种缺少奇迹的奇迹，但我认为，我们当中几乎没人能把一个如此糟糕的巢穴构筑得如此良好。

夜鹭的一天通常始于黄昏，结束于日光涌现之际。它的眼睛具有猫头鹰那样的夜视能力，能够穿过雾霭和黑暗找寻径路、觅食。然而，这种鸟儿的视力在白天似乎也够好。昨天下午，那四只在十足的强光中飞落到湖上的夜鹭，在飞行中毫不犹豫，它们转向拐过树林的角落，像鹰可能做到的那样，非常直接而明确地落下来，落到树木的粗枝上。的确，随着它们养育的那些胃口奇大的雏鸟成长，它们就不得不日夜辛劳地捕鱼，对孩子们进行哺育。在我看来，一只夜鹭每年必须消耗数量巨大的鱼类，但既然如今黑冠夜鹭已寥寥无几，那么鱼类肯定就更为丰富了。

我曾经饲养过两只夜鹭，是从那些不可能构筑的巢穴之一里面捉来的。它们是造物中荒谬得最严肃的年轻动物。柏拉图（Plato）说过，"人是没有羽毛的两足动物"，这些年轻的夜鹭也是如此。它们几乎跟真理一样毫无掩饰，可以被看作是清教徒的良心的漫画，因为它们的身子如此挺直，以至于几乎要翻仰到后面了。

它们根本不会待在我为它们构筑的任何巢穴里面，却更喜欢栖居在地上，往往在某种东西的拐角处，它们的眼睛通常紧盯着，戳动那古怪的脑袋，阻止它们遇到的所有动物。就在这两只夜鹭占据院落的第一天，那因为喜欢鸡而声名狼藉的家猫便开始偷偷地接近它们。在最恰当的时刻，那只家猫蹲伏着，眼里冒出绿光，准备一跃而起，而那两只夜鹭则严肃地起身迎向它。那只家猫看了看那两团夸张、做作的躯体，那两个高高地伸展到纤细的脖子上的陌生脑袋，跟它们对视中透露出的麻木的严肃仅仅对峙了一秒，便发出一声恐怖的吼叫，迅速逃向谷仓下面，前往那里寻求它最为倚重的庇护所，在那里躲藏了二十四小时也没现身。

在这些动物身上，有如此庄重、如此"生硬"、如此具有超自然品格的东西，以至于它们似乎来自另一个怪诞的世界。如果我们的科技达到如此先进的地步，比如进行星际旅行，那么我就会期望在某些偏远的卫星上——比如像海王星（Neptune）的月亮上，发现那就像它们一样躲在拐角处窥视我的东西。

大多数雏鸟会吃掉你喂给它们的东西，还吵嚷着要求更多食物，直到填饱肚子为止。而在我接近这些年轻夜鹭的时候，它们就张开嘴巴，严肃得宛若木头做成一般，仿佛要由绳子牵引才会行动。当我跟它们短暂地待在一起，我从未听到它们发出过一丝声音，但它们会一动不动地默默伫立着，警惕性毫不松懈，大张着嘴巴，直到一条鱼掉进去之后，那嘴巴才会故意闭上，又重新张开，鱼就那样消失了。那一年的鱼类十分丰富，时间和诱饵也很多，因此没少捕鱼。我对成长的夜鹭的实际能力感到好奇，我能左右开弓地给这两只夜鹭喂食，直到我能看见最后一条鱼依然在其嘴巴后面，因为那里面只有极小的空间。然而，如果我仅仅离开片刻再回来，它们依旧伫立在那里，令人大感惊奇的情况是，它们的嘴巴已然空空荡荡了。直到我开始在院落附近发现一堆堆各种各样没有吃掉的鱼，这件事情才变得有趣。

乡间的行人有一条座右铭是这样说的："绝不要拒绝骑马——即使你现在不需要，下次就可能需要了。"在黑冠夜鹭家族这些木然的年轻子孙的形成层中，这似乎是以体液的方式发挥作用的想法。它们从不拒绝吃鱼。只要我站在旁边，它们的嘴喙也可能因为要求吃下那填到它们喉咙的最后一条鱼而闭上，会那样一直闭着。当它们认为我离开了，就会严肃而偷偷地拐过角落，天真地侧目，目光特别短浅，在相信没有被发现的危险之后，便张开嘴，把吃进去的鱼悄悄吐在高大的草丛中。然后可以说，它们会偷偷冥想着前行，把双翅背在身后，张开嘴巴，要求吃到更多的鱼。

这肯定是它们期盼着耐心等待时机再次去做的唯一一件事情，我很快就厌倦了它们，便把其放回到它们原来的栖居地，在那里，它们被夜鹭群体接受了，在我所能注意到的范围之内的情况是，它们要么由自己的生父生母照料，要么被群体当作孤儿来照料。对于这些被愚弄的雏鸟，这似乎完全是无比冷漠的事情。对于动物的行动，究竟是受到理智还是本能的支配，尚有很多争论。我确信，这些年轻夜鹭包含着螺旋形的弹簧和椴木轮子，也确信它们的行为就源于此。我很可能足以仔细地照料它们，我应该发现它们铭记着这样的座右铭:"瑞士制造。"

我认为很多人都讨厌夜鹭,对于夜鹭,他们仅仅是通过那女巫般的野性鸣叫得到了些许了解。在夏日的黄昏,夜鹭与大蓝苍鹭(great blue heron)一起飞越那些人的独木舟时会发出鸣叫,而大蓝苍鹭的体形几乎是一般鸟儿的两倍。也许说到鹭的时候,我最好说是两倍长,因为体形硕大与它们几乎没有什么关系。我还清楚地记得,当年我像小男孩那样感到惊奇,当时我在进行第一次狩猎探险,从树林走出来,腋下夹着一支前膛装弹式军用步枪来到湖岸上,就惊起了一只大蓝苍鹭。

我以前一直在阅读《一千零一夜》(*Arabian Nights*),知道罗克[①](roc)是一只巨鸟,它遮暗了太阳,可用利爪攫走大象。很好,这就是那只鸟,在我的面前完美地飞翔,用宽大的翅膀遮暗了整个小水湾。我全然不知道大海上的辛巴达[②](Sindibad)船长可能被系在这只鸟的一条腿上。那支老式步枪机械地扛在我的肩上,咆哮起来,当我让自己重新振作精神,让步枪和我的感官镇静下来,那只鸟儿就躺在那边的海滩上死了。但它依然是《一千零一夜》中的那种鸟,因为它的一种尺度消失了——它的体积。它展现给我的全是嘴喙、脖子、腿和羽毛,令人惊奇的是,这样一个小小的躯体怎能支撑如此宽阔地展开的翅膀?

---

①阿拉伯、波斯传说中的大怪鸟。
②《一千零一夜》中的人物,航海家、探险家。

大蓝苍鹭，尽管其身材苗条，你也可以随性将其解释为优雅或笨拙，但它都是一种美丽的鸟儿，对于湖岸，它也是受欢迎的附加点缀之物，它常常出没于隐蔽的小水湾或溪畔小潭，如果你轻轻来到它通常的驻足点，那么你就可能有机会看见它挺直而静止地栖息着，俨然尊严和警惕的化身。它那非常的头冠是白色的，可是你更容易去注意那些黑色羽毛——与头冠毗邻，一起向后延伸，汇集成冠羽，让人想到它那静止的姿势还保持着警惕性。

　　它的体色留给人的总体印象是一种石板灰，这种颜色在它的脖子上融入浅褐色，躯体的其他部位点缀着红褐色和黑色，十分悦人。观察它那偶像般的姿势也令人愉快，但看见它飞翔的姿势更令人愉快：它让那双长腿在身子下面弯曲起来，以一条强劲的抛物线跃入空中，翅膀以相似的曲线拱起，就用那貌似棍棒在空中的一挥将自己抬升起来，当翅膀第二次向前拱起，那长长的伸出的脖子便缩了回去，长腿拖曳在日本屏风上装饰性的、非常可靠的复制品中。你几乎感觉不到这是一只活泼的动物，因为害怕你而飞走。更确切地说，这仿佛是一个手艺娴熟的装饰者的杰作，他变魔术一般地把这巨大的鸟儿画在你面前那种可以升降的幕布上。但是，如果大蓝苍鹭的躯体相比它的其他尺度显得很小的话，那么它的飞翔就是强劲的，它以力量的威严迅速升起，从树端上面飞出视野。

　　大蓝苍鹭并不罕见，但我想它也远不如从前那样常见了。它通常不跟我们一起度过夏天，相反，它会飞到更远的北方，在那里成群地筑巢。我似乎在9月或10月更为经常地发现它的身影，那时它会离开几个星期——那是它飞向南方的冬天住地之前的一次愉快的捕猎之旅的间歇。可是它如今在这里，如果你能找到它时常出没之处，就可以在5月的大多数早晨遇到它。

我们的小绿苍鹭（little green heron）则十分常见，却绝不值得注意，它是你很容易在这一带看见的第三种鹭，因为它整天都栖息在靠近岸边一根粗枝的阴影中，你通常会毫不注意就从它的身边走过去，直到它确信你正要靠得太近的时候，你才容易看见它。然后，它会受惊地发出呱呱声，那声音更像是尖叫，仿佛它的铰链生锈了，接着它就跃入空中，沿着岸边振翅飞出二三十米，然后再次消失在树林之中。

一想到这个小小的伙伴，就始终给我的脑海带来沉默的瞌睡，带来8月下午在干旱中缩小的溪畔那种颤抖的暑热——那里，在依然存留的一潭潭水边，红花半边莲扬起深红色的羽毛。在这落叶树遮蔽弯曲的河段之处，小绿苍鹭在落到边缘寻觅晚餐之前，喜欢栖息着，等待傍晚的凉意降临。

我始终怀疑它在那里睡着了，把它那光泽的脑袋插到绿色的翅膀下面。当它看见你，那会给予它在近距离被惊起而致以歉意，对它发出的广泛的警报做出了解释。如果不那样，我就会认为它像林中的很多鸟儿一样，在你看见它们之前，它们就看见你一样，在你靠得太近之前就悄悄溜走了。但也许不是这样，也许它相信运气，还希望你最后会经过它而去，让它静静地守护自己的禁猎区，决定它会发现哪些鱼类和哪些蛙类最适合自己的口味。小绿苍鹭是一种孤独的鸟，实际上还是一个遁世者，我想不起曾经在哪里见过有两只小绿苍鹭依偎在一起的场面。然而，一旦你把它惊飞之后，它就成了一个神经紧张的伙伴，如果你细心观察它飞翔，就可能发现它身姿轻盈，高高地伸展着脖子，观察你是否在追踪它，同时还不安地抽搐尾巴致歉呢。

第 13 章　夏天的先行者

Harbingers of Summer

夏天不会像春天那样暴发而来。春天许下诺言又延迟，临近又退却，卖弄风情，直到我们绝望，然后又突然降临到我们身上，在它完全呈现出来的愉快中让我们窒息。然而，夏天亲切地来临，有一千个使者宣布它的来临。

在某个紫罗兰色的6月黄昏，你会看见夏天从南方越过山丘而来，你一看见它，就知道它来自春天。我不知道它是怎样来的。我怀疑三声夜鹰是否知道，这种鸟儿猜疑地看着黎明及其预兆，因为黎明一出现，就意味着它的就寝时间到了，它的劳动该停止了。然而它能感到黎明的存在，因为它将其作为预兆而等待，从而选择它的筑巢地点。

实际上，三声夜鹰几乎算不上家园构筑者。在夏天，它仅仅占据一个寓所，一个看起来只不过比其他寓所更适合作为家的地方。正如我常常疑惑那些住在公寓建筑物里面的人——晚餐时，他们怎样不顾环境令人迷惑的相似而找到自己的归路，因此在我看来，在黎明时分，三声夜鹰能找到通往它的蛋或雏鸟的归路是相当不可思议的。其实那里并没有什么巢穴，仅仅是一个它挑选的地点而已，表面看上去，随意铺在去年褐色的树叶上面，要不然就铺在牧草地那光秃的岩石上面。

可是自从5月初，三声夜鹰就出现在这里了。直到现在它还没有打算选择寓所。昨天，它无疑看见了夏天的来临，才挑选了巢穴地址。到明天或者后天，如果你是目光敏锐的天才，就能在那里发现它产下的两枚蛋。然而，要发现三声夜鹰的蛋并非那么容易，你可能看着它们却又永远看不见它们，那些蛋跟它们所存在的地面如此完美地融为一体，因此看上去，它们更像是鹅卵石而不是其他物体，其暗白色上面模糊地点缀着淡紫色斑点，以及略带褐色的灰色斑点。有时候，我认为雌鸟本身也不能发现它们，而且这可能就是三声夜鹰的数量没怎么增加的原因之一。

像三声夜鹰一样，猩红比蓝雀（scarlet tanager）在开始筑巢之前，就等着看见夏天的来临。奇怪的是，这两种鸟儿甚至都拥有这一共同的习性，至于在其他方面，两者则相去甚远。猩红比蓝雀本质上是一种日光鸟，它那非常的颜色出自于太阳，我很少听见它的声音或看见它那猩红的火焰，直到阳光照射到它栖息的树上，才会使得它更显生动，我才能看到它的身影。然后，当白昼渐渐上升，一只接一只知更鸟停止了歌唱，猩红比蓝雀便接替知更鸟的职责而继续唱歌，它们常常会唱到下午的阴影拉长，知更鸟重归合唱的时候才作罢。猩红比蓝雀的歌儿跟知更鸟的歌儿很相似，而且相似得异乎寻常，只是它的歌声更加从容不迫、更加优雅而已。当你熟悉了这种歌声，就会感到知更鸟是独唱小贩。

"杀死他，治愈他，把药给他。"——这是初期的殖民者认为的知更鸟对他们所唱的歌。对于我而言，猩红比蓝雀仿佛始终都在这样歌唱："樱桃，浆果，草莓。买一盒，买一盒。"你可以把猩红比蓝雀的歌声翻译成这两套歌词之一，但是你不会去翻译。相反，你会沉思良久，以便找到一条习惯用语，其优雅的精致性应该恰好能表达其品质。然后，我想你会像我一样放弃，满足于感受它那种纯粹的宁静，那完全超越了词语的意义。

猩红比蓝雀开始编织巢穴，那巢穴的结构就像它的歌儿一样，优雅而又精美。如果你站在下面某个正确的位置上观看，就能看透它，然而其巢穴构筑得良好而牢固，是由精挑细选的细枝和卷须编织而成的，状若精美的杯子，恰好大得足以容纳三四枚蛋，而在那些蛋上面，点缀着红褐色、褐色和橄榄绿斑点的嫩蓝色。猩红比蓝雀的生活就像白昼一样开放，当它从栖息的松树顶端向南观望，开始把那个巢穴构筑在一根下层松枝上，你就有充分的理由准确地记录夏天的来临。

如果你没有足够的运气在自己的松林中拥有一只猩红比蓝雀，那么你就有充分的理由去观察另一种鸟，就像猩红比蓝雀不同于三声夜鹰一样，那种鸟也不同于树端上的那种猩红色火焰，它就是绿霸鹟。正如三声夜鹰喜欢黑暗，也正如猩红比蓝雀喜欢树丛最高端的粗枝上明亮的阳光，绿霸鹟喜欢充满松脂的松林深处——那里，在夏日正午灼热的微光中，它用笛子吹奏出那令人愉快的具有三个音符的短歌。就像蝉一样，它似乎在最热的时候歌唱得最为婉转，一想到它的歌声，你就不可避免地想起那热爱夏天的昆虫发出的低沉的嗡嗡声、山丘脚下溪流的唠叨声，还有那垂直地落到远在下面的肉桂蕨（cinnamon fern）那羽毛般的复叶上的慵懒的阳光斑纹。

而想要发现蜂鸟（hummingbird）巢穴的人，首先得仔细追踪绿霸鹟的巢穴。尽管绿霸鹟的巢穴是蜂鸟巢穴的五倍，比例上也容易发现，但在筑巢季节来临之际，这两种鸟儿似乎有着相同的想法：它们都把巢穴筑在一根粗枝上，从附近的树上采来灰白的地衣，覆盖在巢穴外面，因此从下面望上去，那巢穴看起来宛若一个覆盖着地衣的树瘤。绿霸鹟喜欢待在深深的松林里，在上层水平枝条的阴影中唱歌，而蜂鸟就像绿霸鹟一样，也喜欢在自己那位于粗枝上的巢穴中一边歌唱一边俯视下面，那里通常距离地面大约六米或者更高。

我发现，这样的蜂鸟巢穴由蕨类植物的绒毛、蒲公英花朵的冠毛或其他混合物构成，它们紧实地编织在一起，上面覆盖着地衣。绿霸鹟的巢穴则是由青苔和细纤维、草丝和细根编织而成的，跟蜂鸟巢穴一样，外面也采用了地衣来覆盖。这样的巢穴很美，是乡村之家，你常常发现它天衣无缝地置于枯死的粗枝上，与周边环境融为一体，跟那丛树和那只鸟一样，充满了乡间气息。

我知道，猩红比蓝雀和绿霸鹟这两种鸟已经在挑选好的粗枝上筑巢了，它们还善于识别现成可用的材料，因为我知道它们说了夏天来到这里的第一句话。我自己在蓝山的南坡上听到了那句话，那里是我喜欢像观察者一样爬上船桅顶端而攀登上去的地点，从那里看过去，南面的前景很遥远，当春天或夏天的帆下降到季节的地平线下面的时候，你就看得见它们。

所有的动物都喜欢攀登。在这里，沿着岩石嶙峋的小径，那些年轻的假毛地黄找到了立足之处，萌发出了奇异的波状或羽状的半裂叶片，它们让你感到困惑，直到你注意到那去年的梗茎和心皮，才会将其认出来，如今其梗茎和心皮都空空荡荡的，可它们还在坚持。茂盛和年轻的生命常常采取嬉戏的方式来消耗活力。当假毛地黄出生仅仅两个月，并专心致志地生长出那些用金色的快意来充满林地的奇妙的铃铛之际，它们的茎生叶（stem leaf）就会丢掉这所有蔓延的轮廓和色彩，致力于营造朴素、边缘光滑的绿色。它们的花朵可能需要衬托，但不会容忍自己的茎上生长出竞争对手。

我走向那条面朝南边的观察桅顶的小径，很快就把假毛地黄甩在了身后。它们需要淤积层和某种肥沃、潮湿的环境，岩缝并不适合它们。当我在那里的雪松间攀登，我就经过了虎耳草枯萎的梗茎，而在一个月前，它们还让缝隙显得发白。如今，它们偶尔才有一朵误期的花房，零乱，残破，仿佛被挥霍殆尽，似乎跟随同伴匆匆赶往湮灭之境。

然而，野生耧斗菜（columbine）的头角依然容纳着丰富的蜜，可让蛾子和蝴蝶贪婪地吮吸，这些昆虫的鼻子很长，足以抵达那容纳着蜜的最深之处。如果你就在这些丰饶的头角末端咬掉小小的球茎，你也可以尝到一口蜜——这种蜜芳香四溢，味道甘美无比。

你身后的蜜蜂也没有认识到。它们可能不会穿过这头角之口而品尝到这种蜜，可是它们也能刺进去，由于花朵的季节正在消逝，很多花都显现出这样的情形。黄昏时分，在雪松下面，它们的珊瑚红色和黄色闪烁着绚丽的光辉，它们向上攀登的程度远比假毛地黄要高得多。

与耧斗菜一起，一丛丛伏牛花恰好来到了那非常的突岩上面。它们肯定看见了夏天来临，率先向我传递夏天的线索，因为它们悬挂着，其珠宝盒中一派金黄，那些精致的珠宝下垂的总状花序显得一片金灿灿，它们嫩绿色的细枝在风中聚集着摇曳、点头微笑，上面装饰着耳饰、胸针、手镯和珠子，这些饰物都是由纯金巧妙地制成的。伏牛花丛喜欢粗糙的牧草地，甚至还喜欢这些更为粗糙的岩石地面，然而，它们给这样的地方带来了优美、雅致和精巧，从它们生长的环境中不曾沾染到一丁点儿粗俗或野蛮。

这些花草和很多别的药草还有灌木都快乐地攀登，用自身的美覆盖岩石嶙峋的山坡，然而，这个地方的女王却是开花的山茱萸（dogwood）。其他灌木都不具有如此的装饰之美所展现出来的轻盈、飘渺的喜悦。某种涉及叶片布置的事物，暗示着即将因为欢乐而翩翩起舞的绿衣小精灵，可是如今每根枝条都很优美，仿佛上面都群集着白色的蝴蝶，做好了飞翔的姿态。这种植物知道夏天在这里，但是其他植物都不曾像它那样显露出如此令人愉快的灵性。白杨树（poplar）下的平原上，在所有年轻叶片的陶醉中，半透明的绿意正在微微闪烁、颤抖，这些叶片完全是因为欢乐和汹涌澎湃的体液的兴奋感而颤栗。然而，树木和灌木还有开花的药草似乎都没有踮起脚尖，准备飞翔到蓝天上，开花的山茱萸，其花朵、叶片、枝条和主干，正如这多荫的山坡展现出来的优美的欢乐。

夏天不会像春天那样暴发而来。春天许下诺言又延迟，临近又退却，卖弄风情，直到我们绝望，然后又突然降临到我们身上，在它完全呈现出来的愉快中让我们窒息。然而，夏天亲切地来临，有一千个使者宣布它的来临。今天，你无法在山坡上或者低地中找到一个没有因为这一事实而发光的地点。在一片光秃的突岩上，节瘤累累的雪松整个冬天都在这里占据着山丘边缘，抵御大风和零度天气，在这里，我想我可能找到了一个普遍故事中的停顿。这里应该是唯一的灰色岩石和褐色雪松的边缘，夏天的储藏物和冬天一样丰富。然而，我却忘记了展望前景。

远在下面的田野上，高大的草丛如此郁郁葱葱，因此跟年轻叶片的黄色相比，它显得很蓝，就像一场绿色洪水咆哮着，顺风向前奔涌。它越过平原，爬上山坡，犹如尼亚加拉（Niagara）大瀑布把巨量的水流顺着山坡倾泻到瀑布边上。在随着微风而疾奔的银绿色的忽闪中，它甚至还模仿了急流的白色泡沫。只有夏天的草丛这样生长。其他季节都无法赋予它如此栩栩如生的运动。

12个夏天的使者也朝我走来。在阳光的小水湾中，有两三种透明翅膀的蜻蜓在不断盘旋，进进出出。一只黄褐色和黑色相间的蝴蝶歇落在我脚边的岩石上，它的翅膀合着节奏而轻轻地起伏。这就像发出咂嘴声一样，在表示满足。它一次又一次溜走，然后又飞了回来，让我疑惑它究竟是可爱的小小的哈里斯网蛱蝶（Melitaea harrisi）还是新月蛱蝶（Phyciodes nycteis），这两个非常庄严的名字都属于漂亮的小蝴蝶，它们到处漫飞，一如夏天已经在我们周围开始闪烁的信号。

不久之后，这个地点的欢乐就似乎让它安静了下来，它在歇落之处待得更久，收起翅膀，向我证明它无疑是新月蛱蝶，因为它的后翅上清晰地呈现出银色的新月形标志。在骑士盛行的年代，蝴蝶应该是普遍流行的，因为每个骑士都把它放在自己房子的纹章装饰上，让大家一目了然。

很快，我就发现一对山地弄蝶争夺我在岩石上的座位。我发现，在林地小道上，这早来的山地弄蝶很容易受到刺激，不愿让我靠近它们。这可能是因为我在不断前进的缘故吧。当我接近的时候，这对山地弄蝶就疯狂地飞走，但在我刚刚坐下来片刻，它们又疯狂地飞了回来，歇落在我的身上，接着又再次疾飞而去。

可是，它们很快又以友好的方式飞了回来，歇落在我伸手可及的范围之内，如此一来，我就可以从容不迫地观察它们。我看见的这对山地弄蝶对于我来说是一个新品种，像我认为的那样，是珀尔修斯弄蝶（Thanaos persius），而不是山地弄蝶。珀尔修斯弄蝶像我一样爬上山丘，看看夏天是否来临，还发现了夏天就在这里。浅色的紫堇（corydalis）像耧斗菜一般，点动着那最柔和的珊瑚红色和黄色的脑袋，也知道夏天就在这里，还像蝴蝶一样在阳光中打盹儿，然而我继续前行，去寻找更多的迹象。

在胡西克—惠西克湖①（Hoosic-Whissic Pond）畔，一只棕林鸫（wood thrush）栖息在它那位于绿蔷薇丛中的巢穴里面，距离那些喧闹而过的郊游者仅约三米。它勇敢地栖息着，保护自己的蛋，尽管它的四周一片嘈杂，它也一动不动地待着。我把脑袋探入那纠缠的绿蔷薇去观察，直到我的脸离它还不到60厘米的时候，它还是岿然不动：它的喉咙有点儿膨胀，眼里泛出一丝疑惑的目光。

平时，棕林鸫是一种胆怯的鸟儿，而当它栖息在巢穴上面的时候，则又显得截然不同。每当这样的时候，它似乎突然表现出适度的勇敢，因此与它在其他时候显露出温和的胆怯一样。我们友好地对视。我注意到它头上鲜艳的肉桂黄渐渐消失在背部柔和的橄榄绿上面，整体都很光滑，与一只女士的手套完全一致。从巢穴边缘上，看得见它那白色喉咙和白色胸脯上的黑色斑纹，它的嘴喙朝着天空突出，就像其他所有栖息在巢穴里的鸟儿一样，展现出信任的、虔诚的姿势。棕林鸫的姿势虔诚、美好，与人类的母亲哺育时并无二致。这样的情形始终暗示着白色的手紧握着，举起来祈祷、感恩。

就在我观察棕林鸫的时候，在密丛外面的阳光中，一道金色和黑色的微光翩翩起舞，引起了我的注意。确实，这是又一个夏天的诺言，我让那正在孵育的棕林鸫沉浸在自己的幸福中，自己

---

① 即休顿湖，位于美国马萨诸塞州波士顿市以南。

则继续追随那夏天的微光前行。那道微光越过开阔的多沙平原通向南方，进入那边的树林深处。一路上，委陵菜和毛茛，草莓花和蔓延的黑莓（blackberry）因为翻飞的红色小蝴蝶而欢乐着——铜色蝶（copper）和橙斑小蛱蝶（crescent spot），白蝶和蓝蝶，翻飞着，形成了一只色彩转换的万花筒，然而，直到我走进密林那深深的金色阴影之中，我才看见那诺言的实现。

在这里，因为穿过飘动的绿色，阳光得到了如此的过滤，变得多么超凡脱俗，那绿色全然是一片色彩的雾霭，一颗绿玉髓（chrysoprase）的生动的心。在这样的阳光中，我发现树林充满了大型的黄色蝴蝶，在柔和的光辉中，众多蝴蝶上上下下、翩翩起舞，歇落在那再也不能萌发出如此之美的嫩枝上，从而把华丽的黄色花朵放置在那里。夏天就在这里，安详地穿过树林金绿色的空间来临，众多金色的精灵围绕着夏天而翩翩起舞。正如鳞翅类学者给它命名的那样："黑条黄凤蝶"（tiger swallowtail）。乌樟凤蝶（Papilio turnus）是我们所有蝴蝶中最美丽的，涂绘着金色，镶嵌着黑色的边儿，还有一丝巧妙地应用于每片翅膀的猩红的笔触。夏天的所有光辉似乎都聚集在它的身上，它的出现，无疑是对夏天最后的测试。

诗人译者 | 董继平

译著年表

诗集　　1991年《奥克塔维奥·帕斯诗选》

　　　　1995年《四季的枫叶：多伦多诗选》

　　　　1998年《纸上幻境：布洛克诗选》

　　　　1998年《秋天奏鸣曲：特拉克尔诗集》

　　　　1998年《从两个世界爱一个女人：勃莱诗选》

　　　　1998年《时间与水：二十世纪冰岛诗选》

　　　　1998年《玫瑰祭坛：索德格朗诗全集》

　　　　2002年《安东尼奥·马查多诗选》

　　　　2002年《伊凡·哥尔诗选》

　　　　2003年《索德格朗诗全集》

　　　　2003年《W·S·默温诗选》

　　　　2003年《托马斯·特兰斯特罗默诗选》

　　　　2003年《阿蒂拉·尤若夫诗选》

　　　　2003年《二十世纪冰岛诗选》

　　　　2004年《卡瓦菲诗歌精选》

2004年《洛尔迦诗歌精选》

2011年《特兰斯特罗默诗选》

2012年《欧美诗歌典藏丛书》(共5卷)

随笔　2005年《清新的野外》

2015年《自然札记》

2015年《鸟的故事》

2015年《猎熊记》

2015年《秋色》

2018年《探访大灰熊》

2018年《荒野漫游记》

2018年《动物奇谭录》

2018年《追寻野蜂蜜》

2020年《林地小道》

2020年《荒野牧草地》

2020年《林间漫游记》

2020年《野林之路》

小说　　2017年《了不起的盖茨比》

自然物语丛书（第一辑）

这个世界的启示在荒野

无论你是在山林、湖畔、路边，还是在人类可以前往的所有荒野，都可以用约翰·巴勒斯的观察方式来探究自然。

——《自然札记》

鸟类世界与人类世界惊人地相似，充满了战争与爱情、欢乐与悲哀。

——《鸟的故事》

自然物语丛书（第一辑）

这个世界的启示在荒野

梭罗从季节的变迁、泥土的气味、种子的成长与果实的成熟中，捧出这些朴素然而闪光的文字。
——《秋色》

出人意料的是，一个政治家以优美的文笔描述了危机四伏的野外狩猎生活。
——《猎熊记》

自然物语丛书(第二辑)

每一个生命都值得敬畏

这是美国博物学家、著名自然文学作家、"落基山公园之父"埃诺斯·米尔斯作品在中国的首译。
——《荒野漫游记》

本书叙述了作者在山野间漫游时对北美最大的陆地野生动物——大灰熊进行探索的种种经历和真实奇遇。
——《探访大灰熊》

自然物语丛书(第二辑)

每一个生命都值得敬畏

地球上的一切生物都绝非呆若木鸡,造物主为自己可爱的小动物创造了一个个奇迹。

——《动物奇谭录》

当人们被困在水泥格子中大口喘息时,这样一本佳作却给我们带来了绿色的呼吸。

——《追寻野蜂蜜》

自然物语丛书（第三辑）

世界将自身缩小为一滴露水

我听到了堤坝上的水潺潺流淌的哼唱，听到了下面溪流的絮语，一只歌带鹀清晰、圆润、兴奋的嗓音，恰好穿过这些声音而传递过来。

——《林地小道》

穿过牧草地，香气从美洲葡萄的花朵上飘送而来。我只知道，它让我梦想到潘神在世界的早晨吹奏的笛管。

——《荒野牧草地》

自然物语丛书(第三辑)

世界将自身缩小为一滴露水

秋天,树叶开始飘落,从枝头飘向它们泥土中的家。地面上,风吹得落叶沙沙作响,仿佛是在演奏死亡进行曲。

——《林间漫游记》

北方飘来的雪把树林装扮得洁白,犹如神秘的世界,充满了形形色色的建筑,宛若仙境。

——《野林之路》